옛사람이 건넨

네 글자

옛사람이 건넨 네 글자

생각을 잊은 인생에게

정민 지음

Humanist

서언

매주 한 쪽지씩 글을 써온 것이 7년째로 접어든다. 제목을 네 글자로 붙이면서 모든 생각을 네 글자로 붙들려 드는 버릇이 생겼다. 글을 봐도 네 글자만 보인다. 그런데 이게 좀 묘하다. 복잡한 한자의 숲 속에서 갑자기 네 글자가 불쑥불쑥 솟아 저요, 저요 하고 손을 번쩍 번쩍 쳐든다. 전에는 뭘 쓸까로 걱정이 태산이었는데, 언제부턴가는 뭐부터 쓸까가 고민이다. 끊임없이 책을 봐야 하는 것이 고역이지만, 얻는 것이 많아 괴롭지 않다.

차고술금借古述今, 옛일에서 빌려와 지금을 말하자는 것이 처음 생각이었다. 음미할 만한 옛일을 메모해두면 꼭 기다리기라도 했다는 듯이 그와 똑같은 일이 현실에서 벌어졌다. 당장은 아니어도 늘 그랬다. 그래서 책을 읽다가 낚시하듯 건어 올린 문료文料, 즉 글감들을 문료낭文料囊, 곧 글감 주머니에 담아두면 그게 꼭 할 말이 되어 지금 글로 되살아났다.

세상이 발전하고 진보한다는 말을 믿지 않은 지는 오래다. 인간은 변화하고 성장하는 존재가 아니다. 역사는 늘 쳇바퀴처럼 돈다. 어리석음은 어리석음을 낳고, 우둔은 우둔을 반복한다. 젊은 시절에는 언젠가 좋은 때가 오겠지 하고 기다렸는데, 이제는 '그때가 좋았지'만 남았다. 후회는 기습당한 군대처럼 한발 늦고, 미망은 안개처럼 앞을 막는다. 타성의 미세먼지는 주위를 에워싸 벗어날 수가 없다.

광고 속의 세상은 저렇듯 눈부시게 발전하는데, 삶이 이토록 고통스러운 것은 납득이 잘 안 간다. 겉보기만 화려하고 내면은 황폐하다 못해 황량하다. 풍문은 갈수록 흉흉해져서 사람들의 불안을 고조시킨다. 당장 발밑이 꺼질 것 같고, 내일 뭔 일이 일어날 것만 같다. 경쟁은 늘 전쟁이고, 전쟁에서 이겨도 그게 끝이 아니다. 더 강한 적이 전투태세를 하고 기다리고 있다. 차라리 이것이 버튼 하나로 리셋 되는 게임이라면 좋겠다. 그 똑똑한 젊은이들은 아직 시작도 안 했는데 취업 시장에서 폐품 취급을 당한다. 뭐 이런 세상이 있는가.

지금 막막하고 앞이 캄캄하면 안 보이는 앞으로 더 나갈 게 아니라 뒤를 돌아보는 것이 맞다. 거기에 답이 있고 미래가 있으니까. 옛글에 무선 랜은 없었지만 생각의 힘은 광속으로 펄펄 날았다. 인터넷이 아니래도 통찰은 반짝반짝 빛났다. 후진 것은 옛날이 아니라 지금이다. 사람들은 갈수록 왜소해지고 게다가 야비해져서 품격조차 찾아볼 수 없게 되었다.

옛날이 답이라고 말할 생각은 없다. 하지만 묵직한 말씀의 힘은 시간을 뛰어넘는다. 인간은 한 번도 변한 적이 없으므로 그때 유효한 말은 지금도 위력적이다. 글을 모아보니 안으로 향하는 말과 밖으로 나가는 글의 방향이 다르다. 네 갈래로 묶어 책으로 세상에 내보낸다. 질정을 청한다.

2015년 세밑
한양동산에서
정민

차례

제2부 세간의 홍정

제3부 내려놓기의 기쁨

제4부 숫자로 세상 읽기

제1부

마음 다스리기

건상유족

褰裳濡足

옷자락을 걷고 발을 담그다

굴원의 《초사楚辭》〈사미인思美人〉에 나오는 한 구절.

벽려 넝쿨 걷어내 치우려 해도
발꿈치 들어 나무 오르기 귀찮고,
연꽃으로 중매를 삼고 싶지만
치마 걷어 발 적시고 싶지는 않네.
令薜荔以爲理兮 憚擧趾而緣木
因芙蓉而爲媒兮 憚褰裳而濡足

지저분한 벽려 넝쿨을 말끔히 걷어내고 싶지만, 나무를 타고 오를 일이 엄두가 안 난다. 연꽃을 바쳐 사랑하는 여인의 환심을 사고 싶은데, 옷을 걷고 발을 적셔가며 물에 들어가기는 싫다.

《후한서後漢書》〈최인전崔駰傳〉에도 이런 말이 있다.

> 일이 생기면 치마를 걷어서 발을 적시고, 관이 걸려 있어도 돌아보지 않는다. 사람이 빠졌는데도 건지지 않는다면 어짊이 아니다.
> 與其有事, 則褰裳濡足, 冠掛不顧. 人溺不拯, 則非仁也.

두 글 모두 건상유족褰裳濡足, 즉 '치마를 걷고 발을 적신다'는 표현이 나온다. 무엇을 얻기 위해 치러야 할 최소한의 대가가 건상유족이다. 물가에서 꽃 꺾을 궁리만 하고 있으면 미인의 마음을 얻지 못한다. 물에 빠져 다급하게 도움을 청하는 사람을 구할 수도 없다. 얻으려면 잃는 것이 있게 마련이다. 손가락 까딱 않고 저 좋은 것만 누리는 이치는 세상에 없다.

이 말은 '이것저것 가리지 않고 첨벙 뛰어든다'는 뜻으로도 쓴다. 순중랑荀中郎이란 사람이 북고산北固山에 올라 바다를 본 느낌을 이렇게 적었다. "삼신산은 안 보여도, 내게 구름 위로 솟고픈 기분을 느끼게 해주는구나. 진한秦漢의 임금 같았다면 분명 옷을 걷고 발을 적셔 보았으리라." 《세설신어世說新語》에 나온다. 자기는 산 위에서 구경만 하지만, 진시황이나 한무제 같은 임금은 직접 바다에 뛰어들었으리라는 이야기다.

허균도 벗에게 보낸 편지에서 이렇게 말했다.

당로자가 저를 곤경에 빠뜨려 몰아내는지라 하는 수 없이 관동으로 가서 감호대鑑湖臺에 올라 바라보니, 만경창파가 삼신산까지 닿아 있어 옷을 걷고 발을 적시고픈 생각이 났지요. 어찌 즐겁지 않겠습니까? 형께서만 아시고 다른 사람에게는 말하지 마십시오.

當路阨弟黜之, 不得已往關東. 登鑑湖臺以望, 長波萬頃, 直接三山, 便有褰裳濡足之思. 遐不樂矣. 兄知之, 勿爲他人道也.

엎어진 김에 쉬어가겠다는 얘기다.

남에게 내 도움이 필요할 때는 물에 뛰어들어 옷 적시기를 마다 않고, 내 시련의 날에도 남을 원망 않고 오히려 그 안에 풍덩 뛰어드는 배짱이 필요하다.

보과위교

步過危橋

아슬아슬 위태로운 다리를 건너는 인생길

인생길 걷기가 참 어렵다. 지난 2014년 동계 올림픽 기간 내내 예기치 않게 발목을 잡아채는 돌발변수에 대한 생각이 참 많았다. 잘 달리던 선수가 다른 선수의 스케이트 날에 채어 함께 넘어지는가 하면, 멋지게 잘 하고도 석연찮은 판정에서 희비가 엇갈렸다. 슬쩍 속임수로 승리를 따내기도 하고, 운 좋은 어부지리의 금메달도 있었다. 불운은 우리에게만 오는 것처럼 보였다.

그 한순간을 위해 몇 년간 흘린 피땀이 납득할 수 없는 이유로 물거품이 되었을 때 원망과 한숨이 어찌 없겠는가? 또다시 그 긴 고통의 시간 앞에 설 생각에 그때 가서 다시 이 같은 일이 일어나면 어쩌나 하는 마음까지 더해지면 원망은 공포를 수반한다. 판정을 번복할 수 없다면 결과를 어떻게 받아들이느냐는 결국 마음공부의 문제다.

예전 국립중앙도서관에서 펴낸 안정복安鼎福(1712~1791) 수택본手澤

本 해제집을 살펴보니 《과위교過危橋》란 제목의 책이 있다. 송대 철학자 장재張載와 주돈이周敦頤 등의 저술을 초록한 내용으로, 표제가 흥미를 끈다. 위태로운 다리를 지난다니, 무슨 뜻으로 책에 이런 제목을 붙였을까? 실은 글의 취지로 보아 마음 다스리기의 어려움이 출렁대는 아슬아슬한 다리를 건너는 것보다 더 위태롭다는 뜻으로 보인다.

윤현尹鉉(1514~1578)의 시에 〈위태로운 다리를 걸어서 지나다步過危橋〉란 작품이 있다.

백 보 긷이 위태론 다리 높이가 백 척인데
기운 판이 흔들흔들 굽어보니 아찔하다.
말을 타고 건너려도 어찌해볼 길 없어
부축하게 하려 하나 오히려 할 수 없네.
어지런 눈 어찔타가 눈앞이 캄캄하고
온몸이 덜덜 떨려 후회가 밀려온다.
지나고야 비로소 살아 있음 깨달으니
출렁대는 인간 세상 이것과 다름없네.
百步危橋高百尺　搖搖攲板俯難憑
將乘馬度旣無奈　欲倩人扶猶不能
亂眼昏花方黯黯　遍肌寒栗悔浚浚
過來始覺吾身在　灎澦人間果有徵

느닷없는 위기 앞에 오금이 떨리고 공포가 밀려온다. 나아갈 수도,

돌아가지도 못한다. 그래도 결국은 그 다리를 건너야 다음 목표를 향해 갈 수가 있다. 다친 마음들 보듬어 굳은 땅을 딛고 용기백배 일어서서 가야겠다.

병동지한

瓶凍知寒

잔머리 얕은꾀로는 안 된다

변계량卞季良(1369~1430)의 시 〈이재와 김대언의 시운을 차운함次頤齋及金代言詩韻〉 일곱 수 중 마지막 수.

내 생애 다행히 후한 은혜 입었건만
여린 시내 물결 보탬 얻지 못해 부끄럽네.
산보山甫가 임금 곁서 진작 보필했더라면
두보가 어이 굳이 유관儒冠 탄식하였으리.
김을 매자 마침내 소반 위 밥이 되고
물병 얼어 천하가 추워짐을 알 수 있네.
교화에 참여하여 지치至治를 이룰진대
여자는 베가 남고 남자는 곡식 남을 텐데.
吾生幸沐睿恩寬　愧乏微涓得助瀾

山甫早能陪袞職　少陵何必歎儒冠
鋤禾竟是盤中粒　甁凍可知天下寒
參贊會須登至治　女多餘布士餘餐

의미는 이렇다. 은혜를 입어 벼슬길에 올랐지만 정작 나라 위해 내세울 만한 일을 한 게 없어 부끄럽다. 주나라 선왕宣王 때 중산보仲山甫는 제齊나라에 성城을 쌓고 오라는 명을 받아 떠나면서 임금을 곁에서 보좌하지 못하게 된 것을 안타까워했다. 그는 위태롭던 나라를 중흥시킨 명재상이다.《시경》〈증민烝民〉에 보인다. 두보杜甫는 "유관儒冠이 몸을 망친 일이 많다네[儒冠多誤身]."라 해서 올곧은 선비가 임금의 알아줌을 얻지 못해 일생을 궁하게 사는 것을 탄식했다.

여름내 부지런히 김을 매서 추수를 한다. 물병에 물이 언 것을 보고 날씨가 추워짐을 안다. 모든 일이 순리대로 이루어진다면 좀 좋으련만, 뜻 높은 그들에게 지극한 다스림에 참여할 기회는 오지 않고, 불우를 곱씹으며 먼 곳을 떠도니 안쓰럽다는 얘기다.

서화반립鋤禾盤粒, 부지런히 김을 매서 소반 위의 밥을 얻는다. 정직한 땀방울의 의미를 알겠다. 병동지한甁凍知寒! 물병의 물이 언 것을 보고 날씨가 추워진 것을 안다. 연찬硏鑽의 몰두 속에서 계절이 바뀌는 줄도 몰랐다. 물을 마시려 물병을 기울이자 얼음이 서걱거려서 겨울이 온 줄을 비로소 알았다. 이렇게 올곧게 노력해도 세상의 득의는 만나기가 어렵다. 그렇다고 잔머리 굴리고 얕은꾀를 써서 수단만 부리려 들면, 성취에 가까울수록 파멸의 재앙이 그만큼 빨리 다가선다.

우적축은

牛賊丑隱

'아' 다르고 '어' 다른 말

이옥봉李玉峯(?~1592)은 여류 시인이다. 이웃 아낙이 소도둑으로 몰려 갇힌 남편의 억울함을 탄원하는 글을 써달라며 그녀를 찾아왔다. 옥봉이 전후 사정을 글로 적고 끝에 시 한 구절을 얹었다.

첩의 몸이 직녀가 결코 아니니
낭군이 어찌 견우시리오.
妾臣非織女　郎豈是牽牛

자기가 예쁜 직녀가 아닌데 남편이 어떻게 견우가 될 수 있느냐는 얘기다. 견우牽牛는 뜻으로 풀면 소를 끌고 간다는 의미다. 소도둑을 재치 있게 이렇게 풀이했다. 글을 본 태수가 무릎을 치며 탄복하고 그 자리에서 그녀의 남편을 석방했다. 《지봉유설芝峯類說》에 나온다.

홍휘한洪徽漢(1723~?)은 얼굴이 너무 시커메서 젊어서부터 친구들이 그를 우적牛賊, 즉 소도둑이라 놀리곤 했다. 사람들이 우적을 아예 호 부르듯 해서 도무지 벗어날 길이 없었다. 참판 홍인호洪仁浩(1753~1799)가 말했다. "우적이란 호는 우아하지가 않습니다. 이제부터 축은丑隱으로 고치심이 어떠실는지요?" 우적이야 간데없는 소도둑인데 축은이라 하자 느낌이 전혀 다르다. 의미로는 소[丑]를 은닉한 사람이니 소도둑이나 매일반이지만, 듣기에 따라 소처럼 우직한 은자란 뜻도 되어 한결 온자蘊藉한 맛이 있다. 사람들이 재담이라 여겨 서로 전파해 만년에 홍휘한은 마침내 축은으로 행세했다. 다산 정약용丁若鏞(1762~1836)의 《혼돈록餛飩錄》에 보인다.

연암 박지원朴趾源(1737~1805)은 《사소전士小典》에서 독특한 뜻매김의 진수를 보여준다. 귀가 먹어 큰 소리로 말하는 귀머거리를 그는 '소곤대기를 즐기지 않는 사람'이라 불렀다. 눈이 멀어 앞이 보이지 않는 사람은 장님이라 하는 대신 '남의 흠을 보지 않는 이'라고 말했다. 혀가 굳고 목소리가 막혀 말 못하는 사람을 벙어리라 하지 않고 '남 비평하기를 좋아하지 않는 사람'이라고 불렀다. 또 등이 굽은 곱사등이는 '아첨하기를 좋아하지 않는 사람'으로 평했다. 〈우부초서愚夫艸序〉란 글에 나온다.

같은 말도 어떻게 하느냐에 따라 느낌이 확 달라진다. 복잡한 세상살이에 쌓인 게 많아선지 오가는 말이 앙칼지고 날이 섰다. 온유돈후溫柔敦厚의 맛이 전혀 없다. 격한 감정을 실어 분을 푸는 것이 잠깐은 통쾌하겠지만, 결국은 긴 근심의 출발이 될 뿐이다.

소인인소

笑人人笑

내가 남을 비웃으면 남이 나를 비웃는다

신석申錫이 갑자기 병을 얻어 죽었다. 그 아내가 슬피 울자 손윗동서 조씨趙氏가 말했다. "자네 남편은 평소 맨날 기생집만 들락거리면서 자네를 구박했는데 뭘 그리 슬퍼하는가?" 그 말에 신석의 아내가 울음을 그쳤다. 조씨의 꿈에 신석이 나타나 말했다. "살고 죽는 것은 운명이 있거늘 어찌 남을 비웃는가? 너도 4년밖에 더 못 사니 죽을 때는 나만도 못하리라." 네 해 뒤에 그녀가 죽었을 때, 조씨의 남편은 멀리 나가 돌아오지 않았고, 첩에게서 난 두 아들은 아직 어렸다. 명나라 이장과李長科 등이 엮은《광인품廣仁品》에 나오는 얘기다.

그다음 얘기는 제목이 〈소인인소笑人人笑〉다. '내가 남을 비웃으면 남이 나를 비웃는다'는 뜻이다. 사연이 이렇다. 이웅李熊은 문장이 능하고 효성도 지극했다. 그가 갑작스런 병을 얻어 세상을 떴다. 그의 아내는 임신 중이었다. 온 집안이 근심에 빠졌다. 동서 하시何時가 밖에 나가 큰 소리로 그를 비웃었다. "이 친구가 평소에 일 처리를 잘한다고 하더니만 이번에는 내가 처리해주게 생겼어요." 이듬해 그 또한 죽었는데 자식도 없었고 아내는 다른 사람에게 개가하고 말았다. 그래서 사람들의 비웃음을 받았다.

예전 종실 하천도정夏川都正이란 이가 사납고 난폭하다는 소문이 있었다. 고관들의 대화 도중 누군가 하천도정의 악함을 비난했다. 자리에 있던 한 대신이 정색을 하고 말했다. "그분은 돌아가신 내 아버님이시오. 당시 먼 종친 중 못된 자가 악행을 일삼으며 아버님의 이름을 빙자한 일이 있었소. 내 아버님께서는 실제 그런 분이 아니시오." 비난하던 자가 흙빛이 되어 진땀을 흘리며 죽을죄를 지었다고 땅 속이라도 파고들 듯이 했다. 홍길주洪吉周(1786~1841)의 《수여난필睡餘瀾筆》에 나온다. 그는 글을 이렇게 마무리했다.

> 대저 말수가 적으면 이 같은 근심이 절로 없다. 요컨대 과언寡言이란 두 글자를 가지고 으뜸가는 가르침으로 삼아야 한다.
> 大抵寡言則自無此患. 治身涉世, 要當以寡言二字, 爲第一義諦.

말이 늘 문제다. 남 비웃기 좋아하다 내가 비웃음을 당한다.

시지인길

尸至人吉

부족해야 넉넉하다

김정국金正國(1485~1541)이 여럿이 모인 자리에서 말했다. "세상 사람 중에 집을 크고 화려하게 짓고 거처가 사치스러워 분수에 넘치는 자는 머잖아 화를 당하지 않음이 없다. 작은 집에 거친 옷으로 검소하게 사는 사람이라야 마침내 이름과 지위를 누린다."

그 자리에 있던 종실 이종李鍾이 이렇게 답했다.

> 내 들으니 큰 집을 옥屋이라 하고, 작은 집은 사舍라 한답니다. 옥屋이란 글자를 파자破字하면 시지尸至, 즉 송장이 이른다는 뜻이 되고, 사舍 자는 쪼개서 읽으면 인길人吉, 곧 사람이 길하다는 뜻이 되지요. 큰 집에 사는 자가 화를 받고, 작은 집에 사는 자가 복을 받는 것이야 괴이할 것이 없습니다.
>
> 聞大家曰屋, 小家曰舍. 屋者尸至也, 舍者人吉也. 大家者受

禍, 小家者受福, 無怪也.

《사재척언思齋摭言》에 나온다.

위魏나라 범저范雎가 말했다.

욕심을 부려 그칠 줄 모르므로 원하던 것을 잃고,
지닌 뒤에도 족함을 모르니 가진 것마저 잃는다.
欲而不知止, 失其所欲, 已有而不知足, 失其所已有.

이런 말도 있다.

대저 뜻 같지 않은 일을 만나면 그보다 더 심한 경우에 비춰 견주어본다. 그러면 마음이 점차 저절로 시원스럽고 상쾌해진다.
凡遇不得意事, 試取其更深者譬之, 心次自然凉爽.

어떤 이가 제 궁한 처지를 강백년姜栢年(1603~1681)에게 하소연했다. 돌아온 대답이 이랬다. "추울 때는 길에서 순찰 도는 나졸을 생각하게. 이 몸이 춥질 않다네. 배고플 때는 거리에서 밥 구걸하는 아이를 떠올리면 내 배가 고프질 않지."《송천필담松泉筆談》에서 들었다.

오대五代의 상유한桑維翰은 자신의 지위를 부러워하는 사람에게 이런 말을 해주었다. "내 비록 귀하게 되어 재상의 자리에 올랐네만, 흡사 새 가죽신에 버선을 신은 것과 비슷하다네. 겉보기에 비록 멋있어도 속으로는 불편하기 짝이 없는 법이지.[吾雖爲貴爲宰相, 有似著新鞋襪. 外望雖美, 其中甚不快活.]"《문해피사文海披沙》에 보인다.

부자가 일생의 심력을 다 쏟아 지닌 재물을 자손에게 물려주지만, 그 재물은 마침내 다른 사람의 손에 들어가고 마니 안타깝다. 시지인길尸至人吉! 큰 집에는 시체가 이르고 작은 집에 살면 사람이 길하다. 부족해야 넉넉하고 분수에 넘치면 제 몸을 망친다.

상구작질

爽口作疾

맛난 음식은 병을 준다

송나라 때 진록陳錄이 엮은 《선을 권유하는 글善誘文》은 사람의 마음을 선행으로 이끄는 글을 모아놓은 권선서勸善書다. 그 첫머리에 송대 조변趙抃(1008~1084)의 〈좌우명座右銘〉이 실려 있다. 모두 24칙의 짤막한 글을 싣고 그 아래에 설명을 달았다. 이 가운데 몇 가지를 읽어본다.

"구함이 없는 것이 보시보다 낫다[無求勝布施]." 보시에는 제 복을 구하려는 마음이 깔려 있다. 애초에 복을 향한 마음을 버리는 것만 못하다. 그 아래 "구함이 없으면 절로 편안하니, 보시는 복을 탐하는 것이다[無求自安, 布施貪福]."란 설명을 달았다. "입에 맞는 음식을 너무 많이 먹으면 병이 된다[爽口味多須作疾]." 건강에 좋은 음식은 입에는 깔깔하다. 미식과 보양식만 찾아다니면 몸에 해롭다. 너무 맛난 음식은 오히려 질병을 부른다.

"마음에 통쾌한 일은 지나고 나면 꼭 재앙이 된다[快心事過必爲殃]." 한때의 통쾌함을 백 일의 근심과 맞바꾸려 들지 마라. 잠깐 분을 풀어 시원하겠지만, 여기서 늘 더 큰 재앙이 비롯된다. "마음에 맞는 곳은 두 번 가지 말라[得便宜處莫再去]." 너무 좋았던 곳은 다음에 가면 꼭 실망스럽다. 지난번엔 그렇게 멋있고 맛있었는데 이럴 수가 있을까? 차라리 아껴 간직했더라면 앞서의 기억이 무색하지 않다. "남이 알까 겁나는 일은 아예 마음조차 먹지 말라[怕人知事莫萌心]." 할까 말까 하는 일은 대부분 안 하는 것이 좋다. 마음에 조금이라도 켕기면 제 스스로 합리화의 구실을 만들기 전에 손을 떼라.

"좋은 밭 1만 이랑을 지녔어도 하루에 먹는 것은 두 홉뿐이다[良田萬頃, 日食二升]." 바깥짝은 이렇다. "큰 집이 1천 칸이라도 밤에 누울 때는 여덟 자면 충분하다[大廈千間, 夜臥八尺]." 두 홉 쌀이면 배가 부르고 여덟 자 공간이면 몸 뉠 수가 있는데 인간의 탐욕이 끝 간 데 없다. "다만 좋은 일을 행할 뿐, 앞길은 묻지 말라[但行好事, 莫問前程]." 좋은 일은 끝이 있는 법이다. 앞날에 대한 보험으로 좋은 일을 하는 것은 순서가 틀렸다. 요컨대 지는 게 이기는 것이고, 부족한 게 남는 거라는 말씀. 읽고 나니 개운하다.

취로적낭

就艫摘囊

가라앉는 배 위의 탐욕

겨울철 장사치의 배가 강진 월고만月姑灣을 건너고 있었다. 갑작스런 회오리바람에 배가 그만 뒤집어졌다. 뱃전에 서 있던 사람이 물에 빠지자 뱃고물에 앉아 있던 자가 잽싸게 달려가더니 물에 빠진 사람의 주머니를 낚아챘다. 그 속에 두 꿰미의 돈이 들어 있었기 때문이다. 돈주머니를 챙겼을 때 그 자신도 이미 물에 휩쓸리고 있었다. 결국 둘 다 빠져 죽었다.

이 얘기를 들은 다산이 말했다.

> 아! 천하에 뱃전으로 달려가 주머니를 낚아채지[就艫摘囊] 않을 사람이 드물다. 이 세상은 물 새는 배다. 약육강식이라지만 강한 놈과 약한 놈이 함께 죽고, 백성의 재물을 부호가 강탈해도 백성과 부호는 똑같이 죽고 만다.

嗟乎! 天下之不就鱸以摘囊者鮮矣. 斯世也, 漏船也. 弱肉强食, 而强與弱俱斃. 盰財豪奪, 而盰與豪並隕.

다산이 제자인 초의草衣에게 준 증언첩贈言帖에 나온다.

이덕무李德懋(1741~1793)가 삼포三浦에 살 때 일이다. 어떤 사람이 허리에 돈 열 꿰미를 찬 채 얼음이 녹고 있는 강을 건너다가 반을 채 못 가서 물에 빠졌다. 상반신이 얼음 위에 걸려 버둥대자 강가에 있던 사람이 다급하게 외쳤다. "여보게! 허리에 찬 돈을 어서 풀어버리게. 그래야 살 수가 있네." 물에 빠진 사람은 그 와중에도 고개를 세게 저으며 말을 듣지 않았다. 두 손으로 돈꿰미를 꼭 움켜쥔 채 마침내 물에 빠져 죽었다. 《이목구심서耳目口心書》에 나온다.

남이 찬 멋진 은장도를 옆 사람이 부러워하자 은장도 주인이 장난으로 큰 고깃덩어리를 주며 말했다. "이 고기를 안 씹고 통째로 삼키면 은장도를 주지." 곁에 있던 사람이 서슴없이 고기를 꿀꺽 삼켰다. 고깃덩어리가 목구멍에 딱 걸려 두 눈이 튀어나왔다. 그는 손으로 가슴을 치며 버둥댔다. 고기를 삼키라 한 사람이 놀라서 말했다. "그냥 은장도를 줄 테니 어서 그 고기를 토하게." 그는 고개를 강하게 저으며 말을 듣지 않았다. 거의 죽을 지경이 되어 겨우 고깃덩이가 내려갔다. 그가 은장도를 취하며 의기양양하게 말했다. "토하면 자네가 딴소리할까 봐 참았지." 역시 《이목구심서》에 실려 있다.

침몰하는 배에서 남의 돈을 가로채고, 얼음 구멍에 빠져서도 돈꿰미를 못 놓는다. 까짓 은장도에 목숨을 걸고도 뉘우침이 없다. 쯧쯧.

약상불귀

弱喪不歸

제자리를 떠난 마음

변방 관리의 딸 여희麗姬가 진晉나라로 시집가게 되자 슬피 울어 눈이 퉁퉁 부었다. 막상 궁궐로 들어가 왕과 한 침대를 쓰고 맛난 고기로 매 끼니를 먹게 되니 시집올 때 엉엉 울던 일을 금세 후회했다. 《장자莊子》〈제물齊物〉에 나온다. 장자가 덧붙인다. "죽음을 싫어하는 것이 어려서 고향을 떠나와[弱喪] 돌아갈 줄 모르는 것이 아닌 줄 내가 어찌 알겠는가?[予惡乎知惡死之非弱喪而不知歸者耶?]" 누구나 한 번은 죽는다. 죽고 나서 내가 어째서 그렇게 살려고만 발버둥 쳤을까 하고 후회하게 될지 누가 알겠느냐는 뜻이다.

승지 유광천柳匡天(1732~?)이 자신의 집에 귀락와歸樂窩란 편액을 걸고 위백규魏伯珪(1727~1798)에게 글을 청했다. 위백규가 말했다.

우리 유가의 법문法門은 방심放心, 즉 제멋대로 달아난 마음을 거두는 것을 비결로 삼는다네. 장자는 어려 고향을 떠나 돌아갈 줄 모르는 것을 슬퍼할 만한 일로 보았지. 마음을 풀어놓고 거두지 않는 것을 '상喪'이라 하고, 거두어 제자리로 되돌리는 것을 '귀歸'라고 한다네. 사람이 슬퍼할 만한 일로 마음을 풀어놓는 것보다 더한 것이 없고, 즐거워할 만한 일에 본래 자리로 돌아가는 것만큼 큰 것은 없네. 마음이 진실로 제자리로 돌아온다면 천지간의 만물이 능히 그 마음을 흔들지 못하게 되지.

吾儒法門, 以收放心爲擧訣. 外傳以弱喪不知歸爲可哀. 蓋放而不收則爲喪, 收而反之則爲歸. 是以人之可哀莫甚於放, 可樂莫大於歸. 心苟歸矣, 天地間萬物, 不能動其心.

그는 다시 이렇게 덧붙인다.

마음이 제자리로 돌아오지 않으면 부귀한 데로 가서 교만해지고, 명리에 나아가면 넘쳐흐르게 된다네. 내 여덟 자의 몸뚱이를 끼고도 그 큰 것을 견딜 수가 없게 되지. 늘 발돋움해도 서 있을 수조차 없고, 타고 넘어가려 하나 걸을 수도 없게 되네. 천지간에 잔뜩 움츠러들어 밤낮없이 캄캄한 밤중일세. 이 어찌 대단히 슬퍼할 만한 일이 아니겠는가? 슬프기만 하고 즐겁지가 않으니 무엇으로 백 년 인생을 살아갈 것인가?

心苟不歸, 則之富貴而驕之, 之名利而溢之. 挾吾八尺之軀, 不勝其大, 恒企而不得立, 常跨而不能步. 跼蹐於天地, 長夜於日月, 斯豈非可哀之甚者乎. 哀而不樂, 何以生百年爲哉.

귀락와歸樂窩는 돌아옴이 즐거운 집이다. 멀리 달아났던 마음을 거두어서 본래 제자리로 되돌려놓으니 그제야 마음이 기쁘다. 마음이 달아나면 명예가 즐겁지 않고 부귀도 괴롭다. 허깨비 쭉정이의 삶이다. 그런데도 사람이 마음은 버려두고 부귀와 권세만 붙좇느라 고향으로 돌아갈 날이 영영 없다.

허착취패

虛著取敗

한 수의 패착이 승패를 가른다

1566년 퇴계 이황李滉 선생이 박순朴淳에게 편지를 보냈다. 그중의 한 대목이 이렇다.

> 홀로 바둑 두는 자를 못 보았소? 한 수만 잘못 두면 한 판 전체를 망치고 말지요. (중략) 내가 늘 이렇게 말하곤 합니다. 기묘년에 영수로 있던 사람이 도를 배워 미처 이루어지지 않은 상태에서 급작스레 큰 이름을 얻자 갑자기 경제經濟로 자임하였지요. 임금께서 그 명성을 좋아하고 나무람을 후하게 했으니, 이것이 이미 헛수를 두어 패배를 취한[虛著取敗] 길이었던 셈입니다. 게다가 신진 중에 일 만들기 좋아하는 사람이 많아 어지러이 부추기는 통에 실패의 형세를 재촉하고 말았지요.
>
> 獨不見博者乎? 一手虛著, 全局致敗. (中略) 愚意嘗謂己卯領

袖人, 學道未成, 而暴得大名, 遽以經濟自任. 聖主好其名而厚其責, 此已是虛著取敗之道. 又多有新進喜事之人, 紛紜鼓作, 以促其敗勢.

바둑에서 한 수의 패착은 치명적이다. 상대의 기선을 제압하려다 오히려 속수무책으로 당한다. 괜찮겠지 방심하다가 대마를 죽인다. 일파만파로 걷잡을 수 없게 되어 자멸한다. 편지에서 퇴계가 조광조趙光祖를 평한 대목이 인상적이다. 그는 아직 학문이 완성되지 않은 상태에서 갑작스레 큰 명성을 얻었다. 게다가 의욕만 앞선 신진들이 공연한 일을 만들고 모험을 부추기는 통에 결국 일이 참혹한 실패로 끝나고 말았다. 한 번의 패착이 치명적인 패배를 부른다. 잘나갈 때 방심하지 말고 삼가고 또 삼가는 것이 옳다.

1795년 금정찰방으로 쫓겨나 있던 다산이 이 편지를 읽고 이런 소감을 덧붙였다. "이 한 대목이야말로 바로 선생의 평생 출처가 말미암은 바의 지점이다." 잘나간다고 교만 떨지 않고 더욱 삼간다. 역경의 때에는 더 말할 것도 없다. 사람들은 반대로 한다. 임금이 미워하는데 아첨으로 용납되려 하고, 조정이 참소하는데 논박하여 나아가려 하며, 백성의 원망도 아랑곳 않고 임금을 속여 지위를 굳히려 든다. 그러다가 권세가 떠나고 운수가 다하면 허물과 재앙이 걷잡을 수 없이 일어난다. 그리하여 일곱 자의 몸뚱이를 망치고 만다. 《도산사숙록陶山私淑錄》에 나온다.

잘나가다가 단 한 번의 패착으로 판을 망치고 마는 사람이 많다. 감당하지 못할 이름과 지위는 재앙에 더 가깝다. 밖으로 내보이기보다 안으로 감추는 일이 더 급하다.

압승득길

壓勝得吉

압승의 바른 방법

선거나 운동경기에서 상대를 큰 점수 차로 눌러 이겼을 때 압승壓勝했다고 말한다. 원래는 술수가術數家들이 주문呪文이나 부적 등을 써서 재앙을 없애고 해로운 기운이 날뛰지 못하게 눌러 길함을 얻는 압승득길壓勝得吉의 술법을 가리키는 말이다.

성호星湖 이익李瀷은 《성호사설星湖僿說》의 〈주정상물鑄鼎象物〉 조에서 고대의 압승에 대해 자세히 설명했다. 또 《세종실록》에는 심한 가뭄이 들자 북을 치지 못하게 하고 범의 머리를 한강 양화나루에 내던지는 압승술을 행한 기록이 보인다. 북을 못 치게 한 것은 비를 부르는 용을 놀라게 하지 않으려는 행동이고, 범의 머리를 던져준 것은 바람을 부르는 범을 삼켜 용이 그 기운으로 하늘로 솟아 비를 뿌리게 하겠다는 뜻이다. 서긍徐兢의 《고려도경高麗圖經》에도 고려의 뱃사람들이 나무를 깎아서 작은 배를 만들어 불경과 말린 양식, 배에 탄 사람의 성명을 써서 넣은 뒤 바다에 던지는 압승 의식을 행한 일을 적었다.

고대의 압승은 삿된 기운이 날뛰지 못하도록 꽉 눌러 제압해 해를 제거하려는 마음에서 나왔다. 모두 예방과 조화를 통해 나쁜 기운이 틈타지 못하도록 하는 데 중점을 두었다. 이것이 후대로 오면서 제 자신의 이익을 위해 남을 저주하여 해코지도 서슴지 않는 요사한 술법으로 변했다. 마른 뼈를 무덤에 묻거나 고기 조각에 임금의 이름을 써서 짐승에게 먹이는 일, 화상을 그려 바늘을 꽂고 화살을 쏘는 방자 따위의 행동이 궁중에서까지 버젓이 벌어졌다. 저 잘 살자고 남 못 되게 하는 사악한 짓들을 서슴지 않았다.

이규보李奎報(1168~1241)는 〈불귀신을 제압하는 글壓火神醮禮文〉의 서두에서 이렇게 썼다. "요망한 변괴가 일어나는 것은 모두 과도한 처사 때문이니, 압승의 술법이란 다만 종묘에 기도하는 데 달렸을 뿐입니다.[妖異之興, 各因過擧. 壓勝之術, 唯在宗祈.]" 큰 변괴를 물리치려면 특단의 조치보다 조용히 그간의 지나쳤던 행동을 반성하고 기도하는 마음으로 본래의 자리를 돌아보는 것이 먼저라는 뜻이 되겠다.

명계양지

冥契陽贊

하늘은 스스로 돕는 자를 돕는다

《송천필담》에 나오는 얘기다. 과거에 응시했던 수험생이 낙방하자 투덜대며 말했다. "시험장에서 좋은 글은 뽑히질 않고, 뽑힌 글은 좋지가 않더군."

듣던 사람이 대답했다.

> 자네가 조화옹의 저울질을 범하려는 겐가? 시험관이란 두 눈을 갖춘 자라 글이 좋고 나쁜지는 한 번만 봐도 대번에 알아 속일 수가 없다네. 그래서 문형文衡이라 하지. 대개 동시에 합격한 사람 중에는 그 자신이 덕을 쌓아 저승에 미리 기록되어 있는 경우도 있고, 조상이 덕을 지녀 후세에 보답을 받는 수도 있네. 그 사람의 글이 다 훌륭한 것은 아니지만 진실로 귀신이 도움을 더해주고자 하는 바일세. 이에 시관이 덩달아 이를 거두

게 되지. 이것은 조화의 저울질이니 남을 위해 전부 쓰지 않고 자신에게 쓰이게 되는 법이라네. 그래서 선비 된 사람은 글을 닦아 양지陽贊로 삼고, 마음을 닦아 명계冥契로 삼는다네.

爾欲盡侵造化之權乎? 夫試官具雙眼者, 文之好醜, 一見立決, 其誰能欺此之謂文衡. 盖一榜之內, 盖有其身積德, 預錄於冥司. 或祖父累仁, 食報於後世, 而其人之文, 不盡佳, 固鬼神所欲加佑者. 於是, 試官從而收之, 此則造化之權, 不盡爲人用於自爲用. 乃爲士者, 修文爲陽贊, 修心爲冥契.

양지陽贊는 겉으로 드러난 보답을 말하고, 명계冥契는 안으로 감춰진 인연이다. 그러니까 명계양지는 음덕양보陰德陽報와 같은 말이다. 내가 보이지 않게 덕업을 쌓으면 하늘은 드러난 보답으로 되돌려준다는 의미다. 당나라 때 당구唐衢는 불우한 시인이었다. 시험을 보는 족족 떨어졌다. 그는 낙담하지 않고 다음과 같은 시를 남겼다.

읽으면 읽을수록 합격 못하니
낸들 천명을 어찌하겠나.
떨어지면 질수록 더욱 읽으니
천명인들 나를 어찌하리오.
讀讀愈不中　唐衢如命何
愈不中愈讀　命如唐衢何

운명아 비켜라, 내가 간다! 그는 끝내 급제의 기쁨을 누리지는 못했지만, 백거이白居易가 그의 불운을 슬퍼하는 시를 남기고 있을 정도로 당대에 이름이 높았다. 청나라 왕지부王之鈇의 《언행휘찬言行彙纂》에 나온다.

《송천필담》에는 위 일화와 함께 뜻하지 않게 급제의 행운을 연거푸 거머쥔 박흥원朴興源 등의 예화를 들었다. 세상은 원래 공평치가 않다. 납득 못할 불운 앞에 투덜대지 말고 명계, 즉 음덕을 쌓으려는 도타운 마음가짐이 필요하다. 예기치 않은 행운 같은 양지의 보답은 내 소관이 아닌 하늘에 달린 일이다. 하늘은 스스로 돕는 자를 돕는다. 습관적으로 징징대는 버릇부터 다잡아야겠다.

고락상평

苦樂常平

고통과 기쁨을 나눠 평형을 유지하기

시도 때도 없이 들끓는 감정 조절이 늘 문제다. 기쁘다가 슬퍼지고 들떴다가 이내 시무룩해진다. 즐거움은 오래가지 않고 괴로움은 늘 곁을 맴돈다. 만남이 기쁘지만 헤어짐은 안타깝다. 이 모든 감정을 딱 잘라 평균을 내서 늘 일정하게 유지할 수 있으면 얼마나 좋을까?

유배지의 다산도 이 같은 감정 처리에 고심이 많았던 것 같다. 강진 병영兵營에 병마우후兵馬虞侯로 근무하던 이중협李重協은 적막한 다산 초당으로 시도 때도 없이 찾아와 한 번씩 떠들썩한 자리를 만들어놓고 가곤 했다. 그런 그가 다산도 싫지 않았던 모양이다. 한 3년을 그렇게 왕래하던 그가 하루는 풀 죽은 목소리로 말했다. "임기가 차서 곧 서울로 올라갑니다." 한동안 말이 없던 다산이 그를 위해 다시 붓을 들었다.

즐거움은 괴로움에서 나오니 괴로움은 즐거움의 뿌리다. 괴로움은 즐거움에서 생겨서 즐거움은 괴로움의 씨앗이다. 괴로움과 즐거움이 생기는 것은 동정動靜과 음양陰陽이 서로 뿌리가 되는 것과 같다. 통달한 사람은 그 연유를 알아, 기대고 엎드림을 살피고 성하고 쇠함을 헤아려 내 마음이 상황에 반응하는 것을 늘 일반적인 정리와 반대가 되게끔 한다. 그래서 두 가지가 그 취미를 나누고 기세를 줄이게 만든다. 마치 값이 싸면 비싸게 사들이고 비싸면 싸게 내다 파는 한나라 때 경수창耿壽昌의 상평법常平法처럼 해서 늘 일정하게 한다. 이것이 고락에 대처하는 방법이다.

樂生於苦, 苦者樂之根也. 苦生於樂, 樂者苦之種也. 苦樂相生, 如動靜陰陽, 互爲其根. 達者知其然, 察倚伏算乘除, 使吾心之所以應於境者, 恒與衆情相反然. 故二者得分其趣而殺其勢, 若耿壽昌常平之法. 賤則貴糴, 貴則賤糶, 得常平然. 此處苦樂之法也.

다산의 말뜻은 이렇다. 자네 있어 즐거웠고 떠난다니 서운하네. 늘 이리 지낸다면 각별히 즐거운 줄 모르고 그러려니 했겠지? 헤어짐이 아쉽지만 훗날 내가 귀양에서 풀린 뒤 자네가 불쑥 나를 고향 마을로 찾아와주면 그 기쁨이 배로 될 걸세. 그러니 그간의 즐거움으로 오늘의 슬픔을 맞가늠하세나. 일렁임 없이 내 자네를 보내려네.

끝에 한마디를 더 보탰다.

거센 여울과 잔물결이 섞여 물은 무늬를 이루고, 느린 각성角聲과 빠른 우성羽聲이 어우러져 음악은 가락을 이루게 되지. 내 벗은 슬퍼하지 말게나.

悍灘平漪相間, 水以之成文. 慢角急羽相錯, 樂以之成章. 吾友其無慼焉.

황황하던 마음이 이 한마디에 그만 가라앉는다.

호식병공

虎食病攻

안팎의 균형을 잘 잡아야

정수연鄭壽延이란 벗이 병중의 안정복을 위해 양생의 요령을 적은 《위생록衛生錄》이란 책을 빌려주었다. 안정복이 읽고 돌려주며 책에 발문을 써 보냈다. 그중의 한 대목.

> 위생의 방법은 안으로 그 술법을 다해도 밖에서 오는 근심을 조심해 살펴 미리 막아야 한다. 그래야 안팎이 다 온전할 수 있다. 선표單豹는 안을 다스렸으나 범이 밖을 잡아먹었고, 혜강嵇康은 양생養生에 힘썼지만 마침내 세화世禍에 죽었다. 그래서 군자는 거처하는 곳을 삼가고 사귀는 바를 조심해야 한다. 두 사람은 안에만 힘을 쏟고 밖에는 소홀해 이렇게 되었다. 이것이 과연 양생의 방법이겠는가?
>
> 衛生之道, 雖內盡其術, 而外患之來, 當審愼而預防之. 然後

可謂兩全矣. 單豹治裏, 而虎食其外, 嵇康養生, 而卒殞世禍.
是以君子愼所居而謹所交. 兩人者致工乎內, 而踈於外若此.
此果得養生之道乎?

위 글 속 선표의 얘기는 고사가 있다. 전개지田開之가 주周나라 위공威公에게 말했다. "양생은 양 치는 것과 같습니다. 뒤처지는 놈을 살펴 채찍질하는 것이지요." 위공이 무슨 말이냐고 되묻자 전개지가 다시 말했다. "노나라 사람 선표는 바위굴에서 물 마시고 살며 백성과 이끗을 다투지 않았지요. 70세에도 어린아이의 낯빛을 지녔습니다. 하지만 불행하게도 주린 범을 만나 잡아먹히고 말았습니다. 장의張毅는 부잣집 가난한 집 가리지 않고 사귀었는데 나이 40에 속에 열이 치받는 병으로 죽었습니다. 선표는 안을 길렀지만 범이 밖을 먹어버렸고[虎食其外], 장의는 밖을 길렀는데 병이 안을 공격했습니다[病攻其內]. 두 사람 모두 뒤처지는 것에 채찍질하지 않았습니다."《장자》〈달생達生〉 편에 나온다.

박세당朴世堂(1629~1703)은 《남화경주해산보南華經註解刪補》에서 "사람의 우환은 평소 염려했던 데서 일어나지 않고, 늘 생각지 않은 데서 일어난다.[人之患, 不作於其所慮, 而常作於其所不慮者也.]"고 풀이했다. 선표는 맑게 살았지만 주린 범이 못 알아봤고, 장의는 사교에 힘써 곳곳에 보험을 들어두었으나 제 몸 안의 질병은 살피지 못했다.

살면서 호식병공虎食病攻의 근심을 면할 길 없다. 안만 살펴도 안 되고 밖만 돌봐도 소용없다. 그렇다면 어찌할까? 안팎의 균형을 잘 잡아야 한다. 채찍을 들고 뒤처지는 놈의 꽁무니를 후려쳐야 전체 대오가 흐트러지지 않는다.

석체소옹

釋滯消壅

체증을 뚫어주나 정기를 삭게 한다

옛사람은 차의 여러 효능만큼이나 그 강한 성질을 경계했다. 당나라 때 기모경綦母煚은 〈다음서茶飮序〉에서 "체한 것을 풀어주고 막힌 것을 없애주는[釋滯消壅] 것은 하루 잠깐의 이로움이고, 정기를 수척케 하고 기운을 소모시키는[瘠氣耗精] 것은 평생의 큰 해로움이다."라고 말했다. 차가 답답한 체증을 뚫어주지만 정기를 갉아먹으니 조심해야 한다는 말이다. 소동파도 《구지필기仇池筆記》 중 차를 논한 대목에서 "번열을 없애고 기름기를 제거함[除煩去膩]은 차를 빼고는 안 된다. 하지만 은연중 사람을 손상시킴이 적지 않다."고 썼다.

당나라 때 재상을 지낸 이덕유李德裕(787~849)는 차에 벽癖이 들었단 말을 들은 사람이었다. 한 번은 촉 땅에서 몽산蒙山의 떡차를 얻고는 이를 떼어 고깃국에 넣었다. 이튿날 보니 밤새 국 속의 고깃덩어리가 다 녹아 있었다. 이것으로 그는 차가 지닌 소옹消壅, 즉 체기를 내리는 효과를 증명해 사람들을 놀라게 했다. 하지만 하룻밤에 고깃덩어리를 흐물흐물 녹일 정도라면 그 여린 위벽인들 어찌 견뎌내겠는가?

다산은 유배지에서 스트레스와 운동 부족으로 체증을 달고 살았다. 1805년 백련사 승려 아암兒菴 혜장惠藏에게 차를 청하며 보낸 〈차를 청하는 글乞茗疏〉에서 "비록 정기를 고갈시킨다는 기모경의 말을 잊지는 않았으나, 마침내 막힌 것을 뚫고 고질을 없앤다고 한 이찬황李贊皇의 벽癖을 얻었다 하겠소.[雖浸精瘠氣, 不忘棊母煚之言, 而消壅破瘢, 終有李贊皇之癖.]"라 한 것은 차의 성질을 너무도 정확하게 꿰뚫어본 말이다. 글 속의 이찬황은 이덕유다. 김명희金命喜는 초의 스님에게 차를 받고 보낸 답시에서 역시 차가 지닌 체증을 뚫어주고 번열을 씻어내는 소옹척번消壅滌煩의 효능에 주목했다.

다산이 차의 독성을 눅이려 구증구포九蒸九曝의 제다법을 마련한 것은 당시 조선인의 채식 위주 식단을 고려한 때문이다. 막힌 체증을 뚫어주니 속이 다 후련하다. 하지만 시원한 것만 찾다 보면 정기가 삭아 몸에 해롭다. 어찌 차만 그렇겠는가? 세상일이 다 그렇다.

고구만감

苦口晩甘

첫맛은 쓰고 뒷맛은 달다

이덕리李德履(1725~1797)가 쓴《동다기東茶記》에 이런 구절이 나온다.

> 차에는 고구사苦口師니 만감후晩甘侯니 하는 이름이 있다. 또 천하의 단것에 차만 한 것이 없어 감초甘草라고도 한다. 차 맛이 쓴 것은 누구나 말한다. 차가 달다는 것은 이를 즐기는 사람의 주장이다.
>
> 茶有苦口師晩甘侯之號. 又有以天下之甘者, 無如茶, 謂之甘草. 茶之苦, 則夫人皆能言之. 茶之甘則意謂嗜之者之說.

표현이 재미있어서 찾아보니 각각 출전이 있다.

당나라 때 피광업皮光業은 차에 벽癖이 있었다. 그가 갓 나온 감귤을 맛보는 자리에 초대받아 갔다. 자리에 앉자마자 잔칫상에 차려내온 훌륭한 안주와 술은 거들떠보지도 않고 차부터 내오라고 야단이었다. 큰 잔에 담아 차를 내오자 그가 시를 지었다.

감심씨甘心氏를 아직 못 보았으니
먼저 고구사苦口師를 맞아야겠네.
未見甘心氏 先迎苦口師

감귤柑橘은 알맹이가 달아서 감심씨, 즉 속 맛이 단 사람이라 했다. 차는 첫입에 맛이 쓴지라 입이 쓴 선생이란 뜻으로 고구사라 불렀다. 고구사가 차의 별명으로 된 연유다.

또 당나라 손초孫樵는 초형부焦刑部에게 차를 보내며 이렇게 썼다. "만감후晩甘侯 15인을 계시는 거처로 보내서 모시게 합니다. 이들은 모두 우렛소리를 들으면서 따서 물에 절을 올리고 만든 것입니다." 단차團茶 15개를 만감후 15인이라 했다. 차를 마시면 단맛이 뒷맛으로 오래 남는다. 그래서 차를 의인화해 '늦게야 단맛이 나는 제후'라는 의미로 이 표현을 썼다. 이후 만감후도 차의 별칭으로 쓴다. 명나라 때 육수성陸樹聲의 《다료기茶寮記》에 나온다.

차의 맛은 단가, 아니면 쓴가? 고구사와 만감후 두 단어에 그 대답이 있다. 정답은 '첫맛은 입에 쓰고 뒷맛은 달다'이다. 고구만감苦口晩甘! 처음 혀끝에 어리는 맛은 쓴데, 이뿌리에 남는 뒷맛은 달다. 감탄고토甘呑苦吐, 달아 덥석 삼켰다가 쓰면 웩 하고 토한다. 입 속의 혀처럼 달게 굴다가 쓰디쓴 뒷맛만 남기고 사라지는 사람이 너무나 많다.

사람도 차 맛과 다를 게 없다. 처음에 조금 맛이 쓴 듯해도 겪고 보면 길게 여운이 남는 사람이 좋다.

송무백열

松茂柏悅

벗이 잘되니 나도 기쁘다

송광사 성보박물관에 《백열록柏悅錄》이란 책이 있다. 금명錦溟 보정寶鼎(1861~1930) 스님이 대둔사에 머물면서 본 귀한 글을 필사해 묶은 것이다. 모두 74쪽의 분량에 다산의 글만 해도 〈산거잡영山居雜詠〉 스물네 수와 〈선문답禪問答〉, 그 밖에 승려들에게 준 제문과 게송 등 모두 열 편의 글이 실려 있다. 대부분 문집에 빠지고 없는 글들이다. 초의의 《동다송東茶頌》도 수록되었다.

책 제목인 '백열柏悅'의 뜻이 퍽 궁금했다. 찾아보니 육기陸機(260~303)가 〈탄서부歎逝賦〉에서 "참으로 소나무가 무성하매 잣나무가 기뻐하고, 아! 지초가 불타자 혜초가 탄식하네.[信松茂而栢悅 嗟芝焚而蕙歎.]"라 한 데서 따온 말이었다. 송무백열松茂柏悅은 뜻을 같이하는 벗이 잘되는 것을 기뻐해 함께 축하해주는 뜻으로 쓰고, 지분혜탄芝焚蕙歎은 동류의 불행을 같이 슬퍼한다는 의미로 쓰인다. 보정 스님은 대둔사에서 좋은 글을 보고 너무 기뻐 같이 보려고 《백열록》으로 묶었다. 이를 통해 다산과 불교계의 깊은 인연 한 자락이 새롭게 드러나게 되었다.

우리 옛글에서도 이 말은 자주 쓰이던 표현이다. 예를 들어 《고대일록孤臺日錄》에서 "박공간朴公幹이 헌납獻納으로 승진되었다는 소식을 들었다. 잣나무의 기쁨[栢悅]이 어떠하겠는가?"나 "사간司諫 문자선文子善이 형벌을 몇 차례 받았다는 소식을 들었다. 혜탄蕙歎의 지극함을 차마 못 견디겠다."고 쓴 것이 그 좋은 예다. 다산도 《우세화시집又細和詩集》에서 벗이 쫓겨났다가 다시 교리校理에 기용되었다는 소식을 듣고 그의 시에 화답하는 시를 지어 그것으로 백열의 기쁨을 표시한다는 글을 남겼다.

지금은 남이 잘되면 눈꼴이 시어 험담을 하고, 남이 못되면 그것 봐라 하고 고소해한다. 우리는 사람을 너무 아낄 줄 모른다. 남의 경사에 순수하게 기뻐 얼굴이 환해지고, 남의 불행에 내가 안타까워 슬픔을 나누던 그 도탑고 아름답던 송무백열의 심성은 다 어디로 갔나?

이백과포

以帛裹布

차고 맵게 키워라

2015년 탄신 100주년을 맞은 박목월 선생의 수필집을 정리하다가 〈명주 안감〉이란 글을 읽었다. 아들은 아침저녁 10리씩 걸어서 학교에 갔다. 혹독한 겨울 날씨에 내의를 안 입은 채 광목옷이 빳빳이 얼면 사타구니가 따가웠다. 어머니는 아버지의 헌 명주옷을 뜯어 아들의 바지저고리에 안을 받쳐주었다. 살결에 닿는 감각이 간지러울 정도로 부드럽고 따뜻했다.

우연히 손자의 옷 안자락을 보게 된 할아버지가 불벼락을 안겼다. "당장 벗어라." 그러고는 어린 것을 저리 키워 뭐에 써먹느냐고 펄펄 뛰었다. 그날 밤 어머니까지 큰댁으로 불려가 할아버지의 큰 꾸중을 들어야만 했다. 손자는 다시 그 옷을 입지 못했다. 훗날 선생은 그때의 소동에서 한 그루 교목喬木처럼 실팍하고 굳세게 자녀를 기르시려는 할아버지의 준엄한 마음을 읽었고 어머니의 따뜻한 사랑을 기억했다.

김언종 교수가 번역해 실학박물관에서 새로 펴낸 다산의 잡록《혼돈록》을 보니 〈이백과포以帛裹布〉의 항목이 보인다. 당시 우리나라의 조복朝服이 여름에는 모시를 쓰는데 비단으로 안감을 대서 겹옷으로 만들었다. 정조가 이를 금지시켜 겉의 천이 모시이면 안감 또한 모시를 두게 했다. 정조의 이 같은 조처는《예기禮記》의 〈옥조玉藻〉에서 "베옷에 비단으로 안감을 두는 것[以帛裹布]은 예가 아니다."라고 한 데서 나왔다.

모시로 옷을 시어놓고 안에나 비난을 대는 것은 겉은 소박한 제하고 속으로는 사치를 부린 것이다. 겉 다르고 속 다른 행동이기에 예가 아니라고 여겼다. 겉과 속이 한결같아야 명실상부名實相符가 된다. 표리부동表裏不同은 용납할 수 없다. 조정 대신이 비단으로 된 조복을 입는다 해서 나라의 체통이 깎일 일도 아닌데, 비단으로 안감 대는 것조차 임금은 허락하지 않았다. 낡아 못 입게 된 아버지의 명주옷을 재활용해 자식 옷의 안감을 대준 것마저 할아버지는 용서하지 않고 당장 그 옷을 벗겼다. 불편해도 정신의 가치를 붙든다. 겉 다르고 속 다른 행동은 하지 않는다. 아무리 자식이 귀엽고 귀해도 차고 맵게 키운다. 지금은 어떤가?

지영수겸

持盈守謙

빈천과 부귀는 쳇바퀴 돌 듯 돈다

청나라 진홍모陳弘謀가 엮은《오종유규五種遺規》에 나오는 말이다.

> 빈천은 근검을 낳고, 근검은 부귀를 낳는다. 부귀는 교만과 사치를 낳고, 교만과 사치는 음란함을 낳으며, 음란함은 빈천을 낳는다. 여섯 가지 길이 쳇바퀴처럼 돈다.
>
> 貧賤生勤儉, 勤儉生富貴, 富貴生驕奢, 驕奢生淫佚, 淫佚生貧賤. 六道輪回.

빈천에서 근검으로 노력한 결과 부귀를 얻었다. 부귀를 얻고 눈에 뵈는 게 없어 교만과 사치를 일삼았다. 교만과 사치에 취해 방탕에 빠지니 잠깐만에 다시 빈천의 자리로 돌아와 있다. 한때의 부귀는 꿈이었고 앞뒤로 빼저린 빈천만 남았다.

다음은 당나라 때 유빈劉玭이 자손에게 남긴 경계다. 《신당서新唐書》에 나온다.

훌륭한 가문은 조상의 충효와 근검에 말미암아 이루어지지 않음이 없고, 자손의 둔하고 경솔하고 사치하고 오만함에 말미암아 엎어지지 않음이 없다. 세우기가 어려운 것은 하늘을 오르는 것 같고, 뒤집혀 실추하기 쉽기는 터럭이 화톳불에 타는 것과 한가지다.

名門右族, 莫不出祖先忠孝勤儉, 以成立之, 莫不由子孫頑率奢傲, 以覆墜之. 成立之難, 如升天, 覆墜之易, 如燎毛.

명나라 때 육수성이 《청서필담清暑筆談》에서 한 말은 이렇다.

부富는 원망의 곳집이요 귀貴는 위태로움의 기틀이다. 이는 부귀하면서도 도리에 어긋나게 처신하는 사람을 두고 한 말이다. 만약 영리에 처해서도 거기에만 골몰하지 않고, 가득 찬 상태에 있으나 그칠 줄 알아, 가득 참을 유지하면서 겸손을 지킨다면 원망의 곳집이니 위태로움의 기틀이니 하는 말이 어찌 있겠는가?

富者怨之府, 貴者危之機. 此爲富貴而處之不以其道者言之也. 乃若處榮利而不專, 履盛滿而知止, 持盈守謙, 何怨府危機之有哉.

지금 내가 누리는 부귀는 다른 사람의 원망과 한숨에서 나왔다. 발밑에는 위기가 늘 도사리고 있다. 지영수겸持盈守謙, 가득 참을 유지하더라도 겸손의 뜻을 잊지 않아야만 원망도 위기도 없다. 사람이 이 간단한 이치를 자꾸 잊어서 선대에서 쌓은 것을 실추시키고 나아가 제 몸을 망친다.

모릉구용

摸稜苟容

은근슬쩍 양다리를 걸친다

이기李墍(1522~1600)가 《간옹우묵艮翁疣墨》에서 한 말이다. 사람을 판단하는 방법을 논했다.

사람을 살피는 것은 어렵지 않다. 그 형상을 살피지 않고 그림자만 살피면 된다. 겉모습에 힘을 쏟는 것이 형상이고, 참된 정에서 드러난 것이 그림자다. 능히 만종萬鍾의 녹을 사양하다가도 콩국 앞에 낯빛을 잃는다. 입으로는 백이伯夷를 말하지만 마음속에는 도척盜跖이 들어앉았다. 공손히 꿇어 충성을 바치면서도 속으로는 속임수를 쓴다. 겉보기엔 어진 이를 좋아하는 듯하나 속에는 독사를 품었다. 이 밖에 모서리를 어루만지며 구차하게 용납되려는 술책, 뜻에 영합해서 총애를 취하려는 자취, 겉으로 칭찬하고 속으로는 배척하는 형상, 간악하고 교묘하게 은혜와 원한을 되갚는 것 등등, 일상의 사이나 사물과 접촉하는 즈음에 드러나는 그림자는 한두 가지가 아니다. 그림자가 이와 같다면 형상은 굳이 볼 것도 없다. 이것이 군자가 사람을 살피는 방법이다.

觀人不難, 不觀其形, 但觀其影而已. 勉强於外貌者其形, 而發露於眞情者其影也. 能讓萬鍾, 而失色豆羹, 口談伯夷, 而心懷盜跖. 敬踾納忠, 而內實欺罔, 外示好賢, 而中藏虺蜮. 其他摸稜苟容之術, 逢迎取寵之迹, 陽譽蔭擠之狀, 奸巧恩怨之報, 其影於日用之間接物之際者不一. 而足其影如此, 則其形不必觀也. 此君子觀人之法也.

이 가운데 모서리를 어루만지며 구차하게 용납되려는 모릉구용摸稜苟容의 술책은 당나라 때 재상 소미도蘇味道에게서 나온 말이다. 그는 측천무후의 섭정기에 전후로 세 차례에 걸쳐 7년간 재상의 지위에 있었다. 그는 뛰어난 시인이었고 해박한 식견을 지녔다. 하지만 어쩐 일인지 나랏일을 처리하는 데 있어서는 위의 눈치나 보고 아첨이나 하면서 특별히 한 일이 없었다.

《구당서舊唐書》의 〈소미도열전蘇味道傳〉에는 그가 누군가에게 했다는 충고가 실려 있다.

일 처리는 명백하게 결단하려 하지 말게. 만약 착오라도 있게 되면 반드시 견책을 입어 쫓겨나게 되지. 그저 모서리를 문지

르며 양쪽을 다 붙들고 있는 것이 좋다네.

處事不欲決斷明白. 若有錯誤, 必貽咎譴. 但摸稜以持兩端可矣.

분명하게 자신의 견해를 밝혀 스스로 입지를 좁히지 말고, 양다리를 걸쳐놓고 상황에 따라 유리한 쪽을 잡는 것이 처세의 묘방이라고 스스로 밝힌 내용이다. 이 말을 전해 들은 당시 사람들이 이를 비꼬아 그에게 '소모릉蘇摸稜'이란 별명을 붙여주었다.

이 밖에 사람을 판단할 때 살펴 따져야 할 일이 많다. 인기에 영합해서 점수나 벌려는 행동, 겉과 속이 다른 처신, 말과 어긋나는 몸가짐 같은 데서 그림자의 실체가 언뜻언뜻 드러난다. 겉만 보면 안 된다. 모서리를 어루만지며 양다리 걸치는 사람을 경계하라.

엄이투령

掩耳偸鈴

제 귀 막아 남 못 듣게 하기

춘추시대 진晉나라에서 범씨范氏가 쫓겨났다. 한 백성이 그 집안의 종을 훔쳐 달아나려 했다. 종이 너무 커서 운반할 수가 없자 그는 종을 깨부숴 옮기려고 망치로 쳤다. 큰 소리가 났다. 그는 남이 이 소리를 듣고 제 것을 빼앗아갈까 봐 황급히 제 귀를 막았다. 귀를 막고 종을 훔친다는 엄이도종掩耳盜鐘 또는 엄이투령掩耳偸鈴의 고사가 여기서 나왔다. 《여씨춘추呂氏春秋》〈자지自知〉 편에 나온다.

큰 소리가 나니 엉겁결에 제 귀를 막았다. 제 귀에 안 들리면 남도 못 들을 줄 안 것이다. 《여씨춘추》는 글 끝에 "남이 듣는 것을 싫어한 것은 그렇다 쳐도, 자기에게 들리는 것조차 싫어한 것은 고약하다."는 평어를 덧붙였다. 자신의 도둑질을 남이 알게 하고 싶지 않은 심정은 알겠으나 사실 자체를 아예 인정치 않으려는 태도는 나쁘다는 지적이다.

이규보는 〈전이지에게 준 문장에 대해 논한 답장答全履之論文書〉에서 이렇게 말했다.

> 옛사람의 글을 본뜨는 자는 반드시 먼저 그 시를 익히 읽은 뒤에 본받아야 도달할 수가 있다. 그저 하면 훔쳐 쓰기도 어렵다. 비유컨대 도둑이 먼저 부잣집을 엿보아 대문과 담장의 위치를 익숙히 파악한 뒤에 그 집에 들어가 남의 물건을 빼앗아 자기 것으로 만들고도 남이 알지 못하게 하는 것과 같다. 그러지 않으면 주머니를 더듬고 상자를 들추기도 전에 반드시 붙들리고 만다. 이러고서야 재물을 훔칠 수 있겠는가?
>
> 凡効古人之體者, 必先習讀其詩, 然後効而能至也. 否則剽掠猶難. 譬之盜者, 先窺諜富人之家, 習熟其門戶牆籬, 然後善入其室, 奪人所有, 爲己之有, 而使人不知也. 不爾未及探囊胠篋, 必見捕捉矣. 財可奪乎?

또 〈시 속에 숨겨진 뜻을 논한 글論詩中微旨略言〉에서는 글 쓰는 사람이 해서는 안 될 아홉 가지 적절치 않은 행동을 구불의체九不宜體로 꼽았다. 그중 하나가 옛사람의 뜻을 훔쳐 가져오다가 그나마 제대로 못해 금세 들통이 나고 마는, '못난 도적이 쉬 붙들리고 마는' 졸도이금拙盜易擒이다.

하늘 아래 새것이 어디 있는가? 남의 좋은 점을 본받아 자기 것으로 만들려는 노력은 귀하다. 누구나 공부는 이렇게 시작한다. 다만 남의 것을 배워와 온전히 내 것으로 녹이지 못해 훔친 것이 들통 나니 내 부족한 공부가 더없이 부끄럽다. 이때 정면 돌파가 아니라 제 귀를 꽉 막고 아무 소리도 못 들었다며 넘어가려는 태도는 피차간에 민망함만 더할 뿐이다.

점철미봉

點綴彌縫

쓸모로만 따질 수 없는 일

서양 정장 차림에서 가장 쓸데없는 것이 넥타이다. 목에 드는 바람을 막자는 것도 아니면서, 여름에도 답답하게 목을 조른다. 해도 그만 안 해도 그만인 넥타이의 색상과 디자인이 양복의 품위를 결정한다.

30년 전쟁(1618~1648) 당시 오스만 제국과의 전투에서 승리한 후 크로아티아 용병들이 파리에서 개선 행진을 했다. 이때 루이 14세에게 충성 맹세의 상징으로 앞가슴에 매단 크라바트(cravate)라는 천에서 시작되었다는 넥타이. 오늘도 직장인들은 상사에게 충성하고 고객에게 잘 보이려고 쓸모라곤 전혀 없는 이 물건으로 제 목을 죈다.

쓸모로 치면 얼굴에서 눈썹처럼 쓸데없어 보이는 것이 없다. 속눈썹은 눈에 들어가는 티끌이라도 막아준다지만, 눈썹이 하는 일은 대체 무엇이냐? 눈썹 없는 모나리자 그림이 두고두고 얘깃거리가 되는 걸 보면, 눈썹이란 것이 이마에 흐르는 땀을 막는 소용 외에 큰 쓸모는 없어도, 없어서는 안 될 물건임을 알겠다. 여성들은 이 눈썹을 다듬고 그리는 데 화장 시간의 적지 않은 부분을 할애한다. 전 여당 대표의 문신한 짙은 눈썹은 TV에서 볼 때마다 어색하고 우스웠다. 눈썹의 위상은 쓸모의 잣대로만 논할 일이 아닌 것이다.

꼬리도 군더더기다. 소꼬리는 몸에 들러붙는 파리를 쫓는 데 쓴다지만, 엉덩이 쪽만 쓸모가 있다. 짐승들이 싸움에서 졌다는 표시를 할 때도 꼬리는 쓸모가 있다. 투견은 그 때문에 제 지닌 꼬리마저 잘리고 만다. 인간의 육체에서 꼬리가 퇴화한 것만 봐도 원래 요긴한 부분이 아니었던 것이 분명하다. 인간에게 꼬리가 여전히 붙어 있다면 복식사는 근본부터 달라져야 한다.

이덕무의 관찰이 즐겁다.

> 눈썹은 두 움큼의 털일 뿐이다. 듣거나 말하는 일을 담당하지 않는다. 그저 사람의 눈 위에 덧붙어 단지 사람을 생색나게 할 뿐이다. 꼬리는 한 줌의 살덩어리일 따름이다. 뛰지도 못하고 씹지도 못한다. 짐승의 꽁무니 뒤에 드리워져 다만 짐승의 부끄러운 곳을 감출 뿐이다. 그러고 보니 조물주에게도 또한 점철법點綴法과 미봉법彌縫法이 있는 게로구나.
>
> 眉兩撮毛耳. 不司聽, 不司言. 添於人眼上, 只爲人生色也. 尾一把肉耳. 不司躍, 不司齧. 垂於獸尻後, 只爲獸藏拙也. 然則化翁, 亦有點綴法彌縫法.

점철點綴은 덧대 보탠 것이다. 심심해 덧댄 털이 눈썹이다. 덧대니 생색이 난다. 미봉彌縫은 터진 데를 꿰맨 것이다. 다급한 나머지 한 땜질 처방이다. 항문을 가리는 꼬리가 꼭 그 짝이다. 세상에 쓸모만 따져 안 될 것이 어디 한두 가진가?

탐득과수

貪得寡羞

얻기만 탐하고 부끄러움을 모른다

월출산 아래 백운동 별서정원은 이담로李聃老(1627~?)가 처음 조성한 이래 13대를 이어 가꿔온 숨겨진 보석 같은 곳이다. 다산이 제자 초의를 시켜 그린 그림이 남아 있고, 다산 본인도 친필로 백운동의 12경을 노래해 예찬했다. 김창흡, 김창집 형제의 8경시가 남아 있고, 그 밖에 쟁쟁한 문인들이 8경 또는 10경으로 앞 다퉈 예찬했던 호남의 대표적 별서다.

다행히 세상에 알려지지 않아 원형이 고스란히 보존되어왔다. 마당을 관통해 흐르는 유상구곡流觴九曲은 비원과 포석정 외에 민간 정원으로는 이곳이 유일하다. 바로 곁에 보조국사 지눌, 대각국사 의천, 원묘국사 요세, 진감국사 혜심 등 고려의 네 국사의 체취가 남은 백운사 옛터가 덤불 속에 묻혀 있다. 당대에 이름 높던 별서요, 고려 때 향기 짙은 절터다.

2014년 봄 강진군에서 이 유서 깊은 별서정원 인근에 대규모 야영장을 조성해 관광지로 개발하려 한다는 얘기를 들었다. 놀라 난개발을 막자고 2015년 봄 서둘러 《강진 백운동 별서정원》을 펴냈다. 서문에 군이 '없는 것도 새로 만드는 판에 있는 것을 지켜 보존하지 못한대서야 말이 되느냐'고 썼다. 역사적으로 뜻 깊은 공간을 잘 보존해달라는 당부를 간절하게 담았다.

책 출간 후 석 달이 못 되어 다시 찾은 백운동 계곡 앞에서 나는 망연자실했다. 백운동의 아래 위 계곡은 불도저와 포클레인으로 참혹하게 파헤쳐져 더는 옛 모습을 회복할 수 없게 변했다. 하늘이 안 보여 대낮에도 어둡던 동백 숲과 대숲에는 승용차가 교차해 지날 만큼의 너른 길이 났다. 수백 년 계곡을 지켜온 바위는 차곡차곡 쌓여 축대가 되었다. 가슴이 찢기는 아픔과 공분을 느꼈다. 대체 무슨 짓을 한 것인가? 강진군이 나랏돈 들여 의뢰한 조경업자의 포클레인에 비경의 숲이 허망하게 사라졌다.

《회남자淮南子》에서 말했다.

> 지금 세상은 나무람을 잘 참고 욕됨을 가벼이 보며
> 얻기만을 탐하면서 부끄러움은 적다.
> 當今之世, 忍詢而輕辱, 貪得而寡羞.

누가 욕해도 내게 이익만 생긴다면 얼마든지 감수할 용의가 있다. 돈이 된다는데 그깟 부끄러움쯤은 아무렇지도 않다. 아! 아프다.

종풍지료

縱風止燎

불난 집에 부채질

졸수재拙守齋 조성기趙聖期(1638~1689)가 김창협金昌協(1651~1708)에게 보낸 편지에서 당대 지식인들의 통폐를 이렇게 질타했다.

> 선비의 공부가 어느 한 곳도 실처實處에 맞는 법이 없고, 어느 한 가지 일조차 박자를 맞추지 못한다. 억지로 꾸미다가 어지러이 무너져 온 세상을 하나의 물거품 같은 경계로 만들고 만다. 그런데도 앞서 선왕의 도리와 정주程朱의 학문을 향한다는 자들은 여기에 이르러 물결을 밀쳐 파도를 조장하고[推波助瀾], 바람을 놓아 횃불을 끄려는[縱風止燎] 데로 돌아가는 모습만 보여준다. 아이들이 마당에서 놀고 뭇 맹인이 구덩이 속을 헤매는 것 같다. 캄캄한 길을 가다 진흙탕을 만나 혼미하여 헤매는 모습이 처음 볼 때는 나도 몰래 껄껄 큰 웃음이 나오더니, 웃음

을 그치고 나자 어느새 또 근심스레 슬퍼진다.

儒士之工夫, 無一箇撞着實處, 無一事能中節拍. 依違粉飾, 紛亂頹潰, 擧一世而釀成一虛泡之界. 而向所謂先王之道程朱之學者, 到此地頭, 只見其爲推波助瀾, 縱風止燎之歸, 群兒戱場, 衆盲迷坑. 其冥行擿埴, 昏迷顚倒之狀, 初見之不覺呵呵發笑, 笑旣定則又不覺慼然而悲.

우암尤庵 송시열宋時烈(1607~1689)은 윤선거尹宣擧(1610~1669)에게 보낸 답장에서 이렇게 적었다.

오늘날 흉흉한 것은 저들이 근심할 만한 것이 아니올시다. 한 무리의 젊은이들이 능히 조용히 기다리지 못하고 바람을 놓아 불을 끄겠다는 식의 거동이 있으니, 이것이 걱정할 만한 일이지요. 하지만 어른이 나서서 누르려 한들 힘을 얻을 이치가 없고 보니 그저 내버려두는 것이 더 나을 것입니다.

今日洶洶, 非彼之可憂. 一番少輩, 不能靜而俟之, 有縱風止燎之擧, 此可憂耳. 然長者雖欲鎭之, 而萬無得力之理, 不如任之之爲愈也.

두 글에 모두 종풍지료縱風止燎란 말이 나온다. 바람을 불어서 횃불을 끈다는 뜻이다. 촛불이야 입으로 불어서 끈다지만, 횃불이나 화톳불에 바람을 놓으면 불길을 걷잡을 수 없다. 불을 끈다는 것은 시늉

이고, 불 끈다는 핑계로 불난 집에 부채질을 하는 형국이다. 이 말은 수나라 왕통王通의 《문중자文中子》에 처음 나온다. 함께 짝이 되어 쓰이는 말이 추파조란推波助瀾이다. 물결을 밀어 더 큰 물결을 조장한다는 뜻이다.

슬쩍 돕는 척하면서 일을 더 꼬이게 만든다. 겉으로는 대의명분을 앞세워 정의를 가장하지만, 실상은 풍파를 일으키고 문제만 더 키운다. 때리는 시어미보다 말리는 시누이가 더 밉다.

단사절영

斷思絶營

생각을 끊고 작위함을 멈춰라

에도 시대의 유학자 나가노 호잔豊山長野(1783~1837)이 쓴 《송음쾌담松陰快談》에 이런 대목이 있다.

《징비록懲毖錄》 2권은 조선 유성룡이 지은 것이다. 문록文祿 연간 삼한과의 전쟁(임진왜란)에 대한 기록이 자못 자세하다. 내가 《무비지武備志》를 읽어보니 '조선의 유승총柳承寵과 이덕형李德馨이 모두 그 국왕 이연李昖(선조)을 현혹시켜 마침내 국정을 어지럽게 만들었다'고 적어놓았다. 유승총은 바로 유성룡인데 글자가 서로 비슷해서 잘못된 것이지 싶다. 막상 《징비록》을 보니 유성룡과 이덕형은 모두 그 나라에 공이 있다. 《무비지》에서 이러쿵저러쿵한 것은 내 생각에 분명히 모두 거짓말인 듯하나 이제 와 상고할 수가 없다.

懲毖錄二卷, 朝鮮柳成龍所著也. 記文祿三韓之役頗詳. 余讀武備志曰: 朝鮮柳承寵李德馨, 皆惑其國王李昖, 終亂國政. 余因疑承寵卽成龍, 字相似. 因以誤耳. 然觀懲毖錄, 柳與李皆頗有功於其國. 而武備志云云, 意一必有謂, 今未可考.

명나라 모원의茅元儀(1594~1640)가 엮은 《무비지》에서 유성룡柳成龍(1542~1607)과 이덕형을 악평한 글을 보았는데 뒤미처 유성룡의 《징비록》을 읽고는 대번에 그가 조선의 충신임을 알았다는 얘기다. 유성룡의 《징비록》이 일본에서 간행되어 널리 읽힌 정황은 원중거元重擧(1719~1790)의 《승사록乘槎錄》에도 보인다.

《속복수전서續福壽全書》의 〈수아守雅〉 편에 실린 유성룡의 말을 소개한다.

밀실에서 문을 닫아 눈을 감고 고요히 앉는다. 서책이나 일체의 응접하는 일을 다 물리고 생각을 끊고 영위함을 그쳐 심력을 기른다.

密室掩戶, 閉目靜坐, 掃却書冊及一切應接之事, 斷思想絶營爲, 以養心力.

빈방에 눈 감고 앉아 생각과 궁리를 끊고 일체의 외물을 차단한 채 다만 마음의 힘을 기르겠다는 다짐이다. 말이 그렇지, 눈을 감고 생각을 지우기가 결코 쉬운 일이 아니다. 선생의 평생 경륜이 이 단사절영斷思絶營의 심력에서 나온 것임을 새삼 알겠다.

우리는 생각과 궁리가 너무 많다. 마음의 힘은 기르지 않고 잔머리만 굴리려 드니 문제가 해결되지 않고 오히려 커진다. 실력은 안 키우고 성과 거둘 욕심만 앞선다. 할 일은 안 하고 술수와 꼼수만 는다. 어른의 큰 말씀은 마음의 힘에서 나왔다. 깊이 가라앉혀 맑게 고인 생각에서 나왔다. 그것이 나라를 위한 경륜이 되고 위기를 건너가는 힘이 되었다.

제2부

세간의 흥정

비극태래

否極泰來

꽉 막혀 답답하다 시원스레 통하다

1202년 이규보가 개성 남쪽의 한갓진 동네로 이사를 했다. 깊숙이 들어앉은 마을은 맑고 깨끗해 산촌의 풍미가 있었다. 다만 동네 이름이 색동塞洞인 것만은 마음에 걸렸다. 색은 비색否塞, 즉 꽉 막혀 풀리지 않는 모양이다.

동네 이름과 달리 이규보는 이 마을에 이사 와 20년을 사는 동안 관운이 순조롭게 풀려 4품관의 지위에까지 올랐다. 벼슬아치들이 이웃에 이사 오면서 마을의 분위기도 일신했다. 이규보는 이웃의 권유로 동네 이름을 바꾸기로 마음먹었다. 그래서 이렇게 썼다.

> 대저 비否가 극도에 이르면 태泰가 되고, 색이 오래되면 통하게 된다. 이는 음양의 변치 않는 이치다. 동네가 장차 열리려 하니, 내가 그 이름을 새로 지어 하늘의 뜻에 보답하지 않을 수 없다.

그래서 천개동天開洞이라 이름 짓는다.

夫否極則泰, 塞久則通. 是陰陽常數. 洞之將啓也, 予不可以不新其名, 以答天意. 於是乃名之曰天開.

앞뒤로 꽉 막힌 색동이 하늘이 활짝 열어준 동네 천개동으로 바뀌게 된 연유다. 이규보의 〈천개동기天開洞記〉에 나온다.

이규보의 말은 《주역》의 비괘否卦와 태괘泰卦에서 나왔다. 비괘는 임금을 상징하는 건乾이 위에서 누르고 신하를 뜻하는 곤坤이 아래에 놓여 "천지가 교접하지 못해 만물이 형통하지 못하며, 상하가 교접하지 못해 천하에 나라가 없는[天地不交而萬物不通也, 上下不交而天下無邦也]" 상태다. 내유외강內柔外剛, 즉 속은 물러 터졌으면서 겉만 멀쩡한 형상이다. 태괘는 이와 반대로 임금을 상징하는 건乾이 아래에 있고, 땅을 나타내는 곤坤이 위에 있는 괘상이다. 임금의 도가 바탕에서 시행되고 신하의 도가 위로 전달되는 태평시대의 형상이다.

이 비괘와 태괘는 서로 맞물려 있다. 비극태래否極泰來! 천지의 기운이 꽉 막혀 쇠퇴하는 비괘의 운세가 극에 달하면 만물이 형통하는 치세治世인 태괘의 시대가 온다. 천지불교天地不交로 온 국민을 슬픔에 몰아넣고, 상하불교上下不交의 소통 부재로 안타깝던 한 해가 간다. 새해에는 꽉 막힌 불통과 불신을 버리고 태평의 기상이 누리에 가득하길 기원한다.

양장음소

陽長陰消

귓것들이 날뛰는 세상

명대 화가 심주沈澍의 그림 화제畵題에서 홍소록장紅消綠長이란 네 글자를 보았다. 붉은 꽃이 스러지자 초록이 짙어온다는 것이다. "꽃 지자 새잎 나니 녹음이 깔렸는데"로 시작되는 옛 노래가 생각난다. 꽃 시절이 가면 초록의 계절이 돌아온다. 여린 새잎은 어느새 낙엽으로 져서 뿌리로 돌아간다. 맞물려 돌아가는 순환의 이치 속에 영원한 것은 없다. 하지만 그런가?

일본의 요괴화 앞에는 양장음소陽長陰消란 네 글자가 적혀 있다. 양의 기운이 강해지면 음의 어두운 기운은 제풀에 소멸된다는 말이다. 음양이 조화를 잃으면 이매망량魑魅魍魎의 귓것들이 판을 친다. 음의 기운이 호시탐탐 기회를 엿보아도 양의 건강한 기운 앞에서는 힘을 못 쓴다. 일껏 요괴를 잔뜩 그려놓고 무슨 마음으로 이런 글귀를 써놓았을까? 우리 주변에 요괴는 얼마든지 있다. 내 영혼이 건강하고 이 사회가 건강하면 이런 것들은 결코 준동하지 못한다. 하지만 잠시 빈틈을 보이면 이것들이 날뛴다. 그러니 요괴를 두려워 말고 내 정신의 기운이 시드는 것을 경계하라. 이런 뜻이었지 싶다.

괜찮은 세상에 살고 있다고 믿었더니, 눈길 주는 곳마다 귓것들이 날뛰고 있는 줄 몰랐다. 이만하면 자부심을 가져도 좋겠다 생각했는데 턱도 없다. 이익이 된다면 불법이 대수며 속임수, 거짓말이 문제겠는가? 나쁜 줄 알고 안 되는 줄 알지만 한다. 나뿐 아니라 다 그렇다는 것처럼 마음 놓이는 면죄부가 없다. 잘못은 되풀이되는 동안 타성으로 자리 잡는다. 나쁜 짓 하다 걸리면 반성하지 않고 재수 없다고 생각하는 세상에 우리는 산다. 혼자의 떳떳한 기운이 세상의 사악을 이기지 못한다. 이런 것이 우리를 절망케 한다.

귓것은 눈 하나에 뿔 달린 괴물이 아니다. 너무 멀쩡해서 분간이 안 된다. 어찌해야 양의 에너지를 끌어올려 음의 기운이 제풀에 스러지게 하나? 꽃 지면 새잎 돋는 물리의 순환이 피가 돌 듯 제자리를 찾을 수 있을까?

양질호피

羊質虎皮

양의 바탕에 범의 껍질

한여유韓汝愈(1642~1709)는 〈양절반씨자치통감총론陽節潘氏資治通鑑總論〉에서 이렇게 썼다.

> 겉은 은인데 속은 쇠이거나[外銀裏鐵], 바탕은 양인데 껍데기만 범인 자[羊質虎皮] 들은 평소에도 착하지 않아 못 하는 짓이 없고 제멋대로 굴며 사치하여 거리끼는 바가 없다. 이를 두고 소인이라고 한다. 이 같은 자들에게 높은 지위를 맡기면 충신과 어진 이를 배척하여 몰아내고 백성을 벗겨서 제 이익만을 취한다. 아래에서 사람이 원망하고 위에서 하늘이 노해 해침이 동시에 이르고 세상은 탁해져 어지럽게 된다.
>
> 若夫外銀裏鐵, 羊質虎皮, 閒居不善, 無所不至. 放僻奢侈, 無所忌憚, 是所謂小人也. 如是者當路, 則斥逐忠賢, 剝民興利.

人怨於下, 天怒於上, 菑害並至, 海內濁亂.

김조순金祖淳(1765~1832)이 자기 아들들에게 보낸 편지에서 "애초에 의리義利의 공교로움을 따져 살피지 않고 그저 듣기 좋은 소리와 웃는 모습으로 공손하고 삼가며 바르고 중도에 맞는 듯한 태도를 짓는 자는 또한 양질호피의 부류일 뿐"이라며 "큰 바탕이 서지 않았는데 스스로 세속과 다르다고 여기는 자는 망령된 사람"이라고 적었다.

위 두 글에 나오는 양질호피란 말은 한나라 때 양웅揚雄의 《법언法言》 중 〈오자吳子〉에 처음 보인다. 그 말은 이렇다. 어떤 사람이 말했다. "여기 제 입으로 성이 공孔씨이고 자는 중니仲尼라는 사람이 있다 칩시다. 그 문에 들어가고 그 집 마루에 올라 그 책상에 앉아 그의 옷을 입는다면 중니라 할 수 있겠습니까?" "겉만 그렇지 바탕[質]은 아니다." "바탕이란 게 뭔데요?" "양의 바탕에 범의 껍질을 쓰니, 풀을 보면 기뻐하고 승냥이를 보면 벌벌 떤다. 제가 범의 껍질을 뒤집어쓴 것을 잊은 게지."

중니를 자로 쓰고 성이 공씨라 해서 다 공자가 아니다. 보통 때는 겉만 보고 대단하게 여겼다. 막상 하는 짓을 보니 고작 승냥이 앞에서 두려워 납작 엎드리고 풀만 보면 침을 흘리며 달려가더란 얘기다. 그 모습을 보고도 여전히 벌벌 떨며 그 앞에서 꼼짝 못하는 여우, 토끼도 딱하기는 한가지다.

황공대죄

惶恐待罪

황공하옵니다, 죄를 주소서

《간옹우묵》에서 이기가 선조대 조정을 평가한 글을 읽었다.

편안히 즐기는 것이 습관이 되어 기강과 법을 하찮게 여긴다. 뇌물이 공공연하게 행해지고 상벌에 기준이 없다. 탐욕과 사치가 날로 성해지고 가렴주구는 끝이 없다. 부역은 잦은 데다 힘이 들어 민심은 떠나가 흩어졌다. 어진 이와 사악한 이가 뒤섞여 등용되자 선비들은 두 마음을 품고, 관리들은 태만하여 아침부터 저녁까지 일할 마음을 먹지 않는다. 승정원은 임금의 가까이에 있으면서 왕명을 출납함에 있어 옳은 마음으로 보필할 생각은 않고 매번 '신의 죄를 벌해주소서'란 말만 일삼고, 비변사는 나라의 중요한 일을 관장하면서도 계획을 세울 적에 허물을 뒤집어쓰려는 사람은 없이 오로지 임금의 뜻에 따르는 것만을 옳다고 여긴다. 도성 사람들은 이를 두고 이렇게 말한다. "'황공하옵니다, 죄를 주소서'를 되뇌는 승정원이요, '전하의 분부가 지당하십니다'만 말하는 비변사로다."

恬嬉成習, 紀法坧玩, 貨賂公行, 賞罰無章, 貪侈日肆, 誅求無藝. 繇役繁劇, 民心離散, 賢邪雜進, 士論攜貳. 百隷怠慢, 莫肯朝夕. 政院居喉舌之地, 出納之際, 不思惟允. 每以待罪爲事, 備邊司掌機務之重, 籌劃之時, 無人執咎, 惟以順旨爲常. 都中爲之語曰: "惶恐待罪承政院, 上敎允當備邊司."

지금의 청와대 비서실에 해당하는 승정원은 일이 생기면 책임지고 나서서 일을 처리할 생각은 없이 그저 죽여주십사 하고 납작 엎드리기만 하고, 국가안보위원회 격의 비변사에서는 나라에 큰 일이 생겨도 시의에 맞는 대책을 내놓는 것이 아니라 임금의 입만 쳐다보면서 비위 맞추기에 바쁘다는 것이다.

율곡栗谷 이이李珥는 자신의 《석담일기石潭日記》에서 진강進講 때마다 학문과 정치에 대해 건의해도 선조가 아무 대답이 없자 이렇게 직언했다.

임금께서 마음을 터놓고 말을 주고받으신다 해도 아랫사람의 마음이 통하지 못할까 걱정인데, 하물며 침묵하시고 말씀을 하지 않으시어 아랫사람의 기를 죽이시는 것이야 더 말할 나위가 있겠습니까? 오늘날의 천재天災와 시대의 변고는 근고近古에 없던 것입니다. 신하와 백성 들이 두려워하며 또 무슨 일이 있을까 걱정합니다. 전하를 위하는 계책은 마땅히 널리 좋은 방책을 구하여 서둘러 시대를 구제하시는 것이요, 가만히 계시어 아무 일도 하시지 않아서는 안 됩니다.

自上雖虛心酬酢, 尙患下情未達, 況沈默不言以阻之乎? 目今天災時變, 近古所無. 臣民惴惴, 不知更有何事. 爲殿下計, 當敷求善策, 汲汲救時, 不宜深拱無所猷爲也.

그래도 선조는 아무 반응을 보이지 않았다.《석담일기》는 뒤쪽으로 갈수록 임금에 대한 실망감의 토로가 부쩍 잦아진다.

세사상반

世事相反

반대로만 가는 세상일

명나라 사조제謝肇淛(1567~1624)의 《문해피사》에 보니 '세사상반世事相反'의 조목이 나온다. 세상일 중 상식과 반대로 된 경우를 나열한 내용이다. 떠오르는 풍경이 많아 여기에 소개한다.

지위가 높은 관리는 천하의 일을 근심하지 않는데 초야의 사람이 도리어 근심한다. 문관은 군대 일을 자주 말하나 무관은 싸우는 것을 즐기지 않는다. 재주와 학식이 있는 사람은 문장에 대해 말하지 않고 학문도 없는 인간이 주로 떠든다. 부자는 돈 쓰기를 즐기지 않지만 가난한 이는 돈을 잘도 쓴다. 승려와 도사가 비린 음식을 즐겨 먹고 보통 사람이 도리어 채식을 한다. 관리의 책임을 맡은 사람은 권세가에게 휘둘리는 경우가 많은데 낮은 지방관은 도리어 군현을 장악하고 있다. 벼슬이 높을

수록 물러나 쉬고 싶다고 말하고 벼슬이 낮을수록 제 공치사를 더 심하게 한다.

達官不憂天下, 草野之人却憂. 文官多談兵, 武官却不肯厮殺. 有才學人不說文章, 無學人却說. 富人不肯使錢, 貧人却肯使. 僧道茹葷, 平人却多持素. 有司官多裁勢豪, 居鄉官却把持郡縣. 官愈尊則愈言欲退休, 官愈不達, 則愈自述宦蹟.

천하 걱정으로 밤잠을 설쳐야 할 고관대작들은 제 한 몸 걱정하기 바쁘니, 아무 힘이 없는 재야에서 세상 걱정 짊어지느라 애들을 쓴다. 군대 문턱에도 안 가본 사람이 말만큼은 대장이다. 정작 힘깨나 쓰는 사람은 웬만하면 싸움에 나서지 않는다. 부자는 틀어쥐고 안 써서 모으지만, 가난뱅이들은 생기는 족족 써서 더 가난해진다. 영문도 모른 채 흥분해 목소리를 높이는 것은 어디서나 비전문가들이다. 고위 공직자들은 저마다 아킬레스건이 있어서 상대의 불의를 알고도 결정적인 한 방을 못 내민다. 멋모르는 청백리만 먼 시골에서 원리원칙을 따지다가 불이익을 받는다. 제 공치사가 늘어지면 아무도 안 알아주고, 물러나 쉬겠다고 투덜대면 왜 이러시냐고 더 높은 자리로 올려준다. 세상일은 참 알수록 모르겠다. 하기야 공천 받아 국회의원 되는 일이 다급한데 장관이라 한들 나랏일 걱정할 틈이 어디 있겠는가? 그러니 무지렁이 백성이 천하를 걱정하는 수밖에.

대학 시간강사의 법적 지위를 높여주겠다며 시간강사법의 본격적인 시행이 예고되었다. 이 법이 시행되면 전국 시간강사의 명줄이 하루아침에 다 끓어질 판이다. 생색내며 도와주겠다는데 정작 도움이 절박한 사람은 죄다 죽게 생겼다.

군이부당

羣而不黨

어울리되 패거리 짓지 않는다

1629년 병조판서 이귀李貴(1557~1633)가 글을 올려 붕당의 폐해를 지적하자 인조가 못마땅해하는 비답을 내렸다. 조익趙翼(1579~1655)이 붓을 들었다. 간추려 읽어본다.

사적으로 아첨하며 영합하는 것을 당黨이라 한다. 공자가 군자는 "어울리되 파당을 짓지 않는다[羣而不黨]."고 한 것이 그 예다. 사람은 끼리끼리 어울린다. 군자는 서로 도와 몸을 닦고, 조정에 서면 세상을 위해 일한다. 소인은 옳고 그름과 관계없이 자신의 이익을 도모한다. 군자의 '붕朋'과 소인의 '당黨'이 이렇게 나뉜다. 참소하는 자들은 군자를 모함할 때 당을 짓는다고 지목해 임금을 격노케 하여 일망타진의 꾀를 이룬다. 군자의 붕과 소인의 당은 겉으로 보면 다 비슷비슷해 의혹에 빠지기 쉽고 참소가 잘 끼어든다.

임금의 역할은 무엇인가? 어진 임금은 군자의 당을 등용해 치세를 이루고, 용렬한 임금은 군자의 당을 배척해 난세를 맞는다. 순임금은 "신하는 내 이웃이요, 내 이웃은 신하다.[臣哉隣哉 隣哉臣哉.]"라고 했고, "신하는 나의 팔과 다리요 눈과 귀다.[臣作朕股肱耳目.]"라고 했다. 천하의 치란은 군자와 소인의 진퇴와 소장消長에서 나뉜다. 맹자가 말했다. "자만하는 목소리와 낯빛이 사람을 천 리 밖에서부터 막는다.[訑訑之聲音顔色, 拒人於千里之外.]" 바른 뜻을 지닌 군자가 떠나가게 만드는 것은 가장 큰 문제다.

오늘날의 당은 군자와 소인이 섞여 있어 통치자의 판단력이 어느 때보다 중요하다. 《서경》에는 "어떤 말이 임금의 마음에 거슬리면 반드시 도리에 비추어본다.[有言逆于汝心 必求諸道.]"고 했다. 신하의 직언은 쉬운 일이 아니다. 임금의 희로에 따라 자신의 화복이 결정되므로 이해를 돌본다면 굳센 뜻을 지녔어도 흔들림이 없을 수 없다. 임금이 노여워 듣기 싫어하는 뜻을 보일 때 누가 거슬리는 말을 아뢰어 예측 못할 재앙을 당하려 하겠는가? 이후로 직언은 사라지고 아첨만 남게 된다. 임금의 한마디 득실에서 인심의 향배가 결정된다. 가볍게 말해서는 안 된다. 한 가지 이치는 고금이 다를 게 없다. 이를 돌아보지 않아 주변이 혼란스럽고 뒤숭숭하다.

궁하필위

窮下必危

궁한 쥐가 고양이를 문다

동야필東野畢이 말을 잘 부리기로 소문났다. 노나라 정공定公이 안연顔淵에게 그에 대해 묻자 안연의 대답이 뜻밖에 시큰둥했다. "잘 몰기는 하지요. 하지만 그는 말을 곧 잃게 될 겁니다." 정공은 기분이 상해 측근에게 말했다. "군자가 남을 헐뜯다니!" 사흘 뒤에 과연 말 기르는 사람이 정공에게 동야필의 말이 달아난 일을 전했다. 정공이 자리에서 벌떡 일어났다. "어서 가서 안연을 데려오너라."

정공이 물었다. "그대 말을 믿지 않았는데 과연 그리되었소. 어찌 아셨소?" 안연의 대답은 담담했다. "정치를 보고 알았습니다. 예전 순舜 임금은 백성을 잘 부렸고, 조보造父는 말을 잘 부렸습니다. 백성과 말을 궁하게 하지도 않았지요. 이 때문에 순 임금의 백성은 달아나지 않았고, 조보도 말을 잃지 않았습니다. 제가 동야필이 말 모는 것을 보니 수레에 올라 고삐를 잡으면 재갈 물린 말의 자세가 바르고, 걷고 달리고 뛸 때는 예법을 갖추었습니다. 험난한 곳을 지나고 먼 데까지 이르면 말의 힘이 빠지겠지요. 그런데도 그는 말에게 그치지 않고 요구합니다. 그래서 달아날 줄 알았습니다."

정공이 바싹 다가앉으며 말했다. "좀 더 자세히 말해보오."

안연이 다시 말했다.

> 제가 듣기로 새는 궁하면 사람을 쪼고, 짐승은 궁하면 사람을 할퀴며, 사람은 궁하면 남을 속인다고 했습니다. 예로부터 아랫사람을 궁하게 하면서 능히 위태롭지 않은 자는 없었습니다.
>
> 臣聞之, 鳥窮則啄, 獸窮則攫, 人窮則詐. 自古及今, 未有窮其下, 而能無危者也.

《순자荀子》의 〈애공哀公〉 편에 나온다. 《치평요람治平要覽》에도 실려 있다.

채찍으로 말을 다잡을 수는 있지만, 조이기만 하고 쉬게 하지 않으면 못 견디고 달아난다. 궁지에 몰린 쥐는 고양이를 물고 사람에게 대든다. 새도 부리로 쪼며 달려든다. 사람은 사생결단으로 나오기 전에 먼저 윗사람 속일 궁리부터 한다. 궁하필위窮下必危! 아랫사람을 궁하게 하면 반드시 자기가 먼저 위태롭게 된다. 당장 보기에 근사해 보여도 사흘을 못 간다. 아랫사람을 궁지에 몰아 원망을 쌓는 대신 그의 존경을 받아야 진정한 리더다.

백재고잠

栢在高岑

잣은 높은 산꼭대기에 있습니다

강현姜鋧(1650~1733)의 벗 중에 청송 수령이 되어 나가는 사람이 있었다. 전별의 자리에서 강현이 그를 위해 시 한 수를 써주었다.

한강 어귀 봄바람이 흔들려 나부끼니
지는 볕에 이별 근심 무엇으로 달래보나.
정 사또의 고지식함 웃을 만하거니와
잣과 벌꿀 보내줌을 괴이타 하지 마소.
春風搖落大江頭　暮景那抛遠別愁
堪笑鄭侯多固滯　海松蜂蜜莫怪投

정 사또의 고지식함 운운은 고사가 있다. 예전 정붕鄭鵬(1467~1512)이 청송부사로 내려갔다. 영의정 성희안成希顔(1461~1513)이 편지를 보내 그 고장에서 나는 잣과 꿀을 보내줄 것을 부탁했다. 잣과 꿀 없이 돌아온 답장이 이러했다.

> 잣은 높은 산꼭대기에 있고, 꿀은 민간의 벌통 속에 있습니다. 태수가 어찌 이를 얻겠습니까?
>
> 栢在高岑山頂上, 蜜在民間蜂桶中, 太守何由得.

정붕은 무오사화와 갑자사화 때 유배되었다가 중종반정 이후 성희안의 추천으로 왕의 부름을 받았다. 성희안과는 젊어서부터 친교가 있었다. 하지만 상경 중 간신배가 조정에 있음을 보고 병을 핑계로 사퇴하고 낙향했다. 그런 그를 붙들어 청송부사로 제수한 것도 성희안의 주선이었다. 성희안은 친밀한 마음에 안부 겸해 보낸 편지에서 허물없이 부탁했던 것인데, 무색하게도 이런 답장을 받았다. 하지만 성희안은 화내지 않고 깨끗하게 사과했다. 그의 대쪽 같은 성정을 너무도 잘 알았기 때문이다. 정붕은 뒤탈 없이 3년간 청송부사로 재임하다가 그곳에서 세상을 떴다.

그러니까 강현의 시는 예전 정붕은 잣과 꿀을 보내달라는 성희안의 부탁을 고지식하게 거절했지만, 너는 가서 제발 그러지 말고 잣과 꿀 좀 보내주는 것이 어떠냐고 농담한 것이다. 정붕의 이야기가 청송 고을 원이 되어 가는 사람에게는 늘 하나의 귀감처럼 전해진 일화가 되었음을 알 수 있다. 한 사람의 바른 처신은 이렇게 긴 그림자를 남긴다. 길이 아니면 가지를 않는다. 원칙이 아니면 행하지 않는다. 거기에 더해 안부 겸해 보낸 편지에 매몰찬 답장을 받았던 성희안도 잘못을 시원스레 인정하고 사과했다. 주고받음에 피차 일말의 구차함이 없었다.

불인미군

不忍媚君

꽃으로 임금께 아첨할 수는 없다

이시백李時白(1581~1660)은 이귀의 아들로, 젊어 가난할 때 땔감과 숯을 직접 내다 팔아 부모를 봉양했다. 인조반정에 성공한 후 세 부자가 나란히 정사공신靖社功臣에 봉해졌다. 나이 차가 많은 아우 이시방李時昉(1594~1660)은 나무 팔아 고생하던 시절을 모르고 자랐다. 그 이시방이 회갑을 맞았다. 이시백이 아우의 집에 가니 장막과 잔치 도구가 몹시 사치스러웠다. 여종조차 비단 옷을 입고 있었다. 수십 가지 좋은 음식이 상에 가득 담겨 나왔다.

이시백이 벌떡 일어나 눈물을 흘리며 말했다. "아우는 부모님이 겪으신 가난을 모르겠지. 내가 종일 나무해서 내다 팔아 그것으로 겨우 먹고살았었네. 부모님이 입으신 옷도 하도 꿰매 누더기에 가까웠지. 옛 시절을 생각한다면 어찌 이리할 수 있겠는가? 이런 사치는 내가 차마 볼 수가 없으이." 이시방이 따라 울고 잔치를 그 자리에서 파했다.

1646년 나라에서 이시백에게 집 한 채를 하사했다. 그 집 섬돌 곁에 금사낙양홍金絲洛陽紅이란 이름난 꽃이 있었다. 중국에서 온 것이라고들 했다. 하루는 어떤 사람이 일꾼들을 이끌고 왔다. 공이 연유를 묻자 명을 받들어 그 꽃을 대궐로 옮기려 한다는 것이었다. 이시백은 의복을 갖춰 입고 직접 뜨락으로 내려가 뿌리까지 파내더니 꺾어 부러뜨려버렸다. 그러고는 말했다. "지금의 나라 형세가 아침저녁을 보전하지 못할 지경인데 주상께서 어진 이를 구하지 아니하고 이 같은 꽃을 구하는 것이 웬 말인가? 내가 차마 꽃을 가지고 임금에게 아첨하여 나라 망하는 꼴을 보지 못하겠네[不忍媚君]. 너는 이 뜻으로 가서 아뢰거라."《해동속소학海東續小學》에 나온다.

같은 얘기가《좌계부담左溪裒譚》에도 실려 있다. 꺾은 꽃이 왜철쭉이라 한 것이 다르고, "주상께서 와신상담臥薪嘗膽해야 할 때에 어느 겨를에 기화이초奇花異草를 기르신단 말이냐? 내가 중임을 맡고서 감히 잡초로 주상의 뜻에 영합할 수는 없다."며 꽃을 짓밟아버렸다고 적었다. 임금이 "내 잘못이다." 하고는 뉘우쳐 마지않았다는 말이 덧붙어 있다.

무덕부귀

無德富貴

갖춘 덕 없는 부귀는 재앙이다

한나라 때 하간왕河間王 유덕劉德은 귀한 신분이었음에도 높은 인품과 학문으로 모든 이의 존경을 받았다. 그가 죽자 헌왕獻王의 시호가 내렸다. 헌獻은 총명예지聰明叡智를 갖춘 사람에게 내리는 이름이다.

반고班固가 찬문贊文에 썼다.

> 예전 노나라 애공哀公이 이런 말을 했다. '과인은 깊은 궁중에서 태어나 아녀자의 손에서 자랐다. 근심을 몰랐고 두려움도 겪어보지 못했다.' 이 말이 맞다. 비록 망하지 않으려 한들 얻을 수가 있겠는가. 이 때문에 옛사람은 편안한 것을 짐독鴆毒처럼 여겼고, 덕 없이 부귀한 것을 일러 불행이라고 했다[無德而富貴, 謂之不幸]. 한나라가 일어나 효평제孝平帝 때 이르러 제후왕이 100명을 헤아렸다. 대부분 교만하고 음탕하여 도리를 잃

은 경우가 많았다. 왜 그랬을까? 방자함에 빠져서 세력을 누리다 보니 그렇게 된 것이다.

昔魯哀公有言: "寡人生於深宮之中, 長於婦人之手. 未嘗知憂, 未嘗知懼" 信哉斯言也. 雖欲不危亡, 不可得已. 是故古人以宴安為鴆毒, 無德而富貴, 謂之不幸. 漢興, 至於孝平, 諸侯王以百數, 率多驕淫失道. 何則? 沈溺放恣之中, 居勢使然也.

"덕이 박한데 지위가 높고, 아는 것이 적으면서 꾀하는 것은 크며, 힘이 부족한데 직임이 무거우면 재앙이 미치지 않는 경우가 드물다.[德薄而位尊, 知小而謀大, 力小而任重, 鮮不及矣.]"《주역》〈계사繫辭〉하下에 공자의 말씀으로 나온다. 송나라 때 호굉胡宏이 말했다.

덕이 있으면서 부귀한 사람은 부귀의 권세를 이용해 세상을 이롭게 하고, 덕이 없으면서 부귀한 사람은 부귀의 권세에 올라타 제 몸을 해친다.

有德而富貴者, 乘富貴之勢以利物.
無德而富貴者, 乘富貴之勢以殘身.

《회남자》〈인간훈人間訓〉의 말은 또 이렇다.

천하에 세 가지 위태로운 것이 있다.
덕이 부족한데 총애를 많이 입는 것이 첫 번째 위태로움이요,

재주는 낮은데 지위가 높은 것이 두 번째 위태로움이며,
몸소 이룬 큰 공이 없는데 두터운 녹을 받는 것이 세 번째 위태로움이다.

天下有三危. 少德而多寵一危也, 才下而位高二危也, 身無大功而受厚祿三危也.

귀하게 나서 오냐오냐 자라고, 하고 싶은 대로 누리다 보니 교음실도驕淫失道, 즉 교만 방자해져서 도리를 벗어나게 되는 것은 고금에 차이가 없다. 쌓은 덕 없이 부귀의 지위에 있는 것은 큰 불행이다.

타장지정

打獐之梃

노루 잡던 몽둥이 삼 년 우린다

기묘사화를 일으킨 남곤南袞이 〈유자광전柳子光傳〉을 지었다. 글이 대단했다. 사화士禍를 서술한 대목이 특히 압권이었다. 어떤 사람이 끝에 시 한 구절을 써놓았다.

마침내 속내가 그 누구와 비슷하니
그 자신이 전기 속의 사람인 줄 몰랐네.
畢竟肺肝誰得似 不知身作傳中人

자기가 자기 얘기를 쓴 것이 아니냐는 말이다.

또 어떤 이가 다른 사람의 죄상을 신랄하게 논했다. 사람들이 초상화의 찬문贊文 같다고 했다. 결국 그는 장살杖殺을 당해 죽었고, 죄상을 논한 사람은 수십 년 부귀를 누렸다. 뒤에 보니 죄를 논한 사람의 행적이 앞서 죽은 사람보다 훨씬 심했다. 사람들이 또 말했다. "이것은 남의 화상찬이 아니라 제 화상찬을 쓴 게로군." 심노숭沈魯崇(1762~1837)의 《자저실기自著實紀》에 나온다.

심노숭의 이 책에는 정조 서거 이후 노론 벽파辟派와 시파時派 간 권력 투쟁의 장면들이 고스란히 남아 있다. 명분과 시비를 들고 싸웠지만 실상은 이전투구의 사생결단만 있었다. 당시 각 당파의 영수급 인물들은 부득이 한자리에 앉게 될 때면 서로 얼굴을 안 보려고 중간에 병풍을 치기까지 했다. 반대를 위한 반대, 결국은 제 말 하기의 행태는 반복되었다. 기회만 있으면 상대를 비방하고 헐뜯어 치명타를 안기기 위해 부심했다.

책 속의 한마디.

> 이것이 세상 도리의 진퇴進退나 저들 무리의 득실과 무슨 상관이 있겠는가. 결과적으로는 그저 사람을 마구 죽였다는 헛된 명성만 널리 얻고 애초에 긴요한 실제 이익은 없었다. 저들 또한 어찌 이를 모를까마는, 사방을 둘러봐도 손쓸 데가 없는지라 어쩔 수 없이 노루 잡던 몽둥이를 다시 찾지 않을 수 없었으니, 참으로 천하에 가소로운 일이다.
>
> 此何干於世道進退之機, 渠輩得失之關. 則只博取斯殺之虛聲, 了無喫緊之實得, 渠輩亦豈不知, 而四顧無所藉手, 不得不重尋其打獐之梃, 眞是天下可笑之事.

타장지정打獐之梃, 즉 노루 잡던 몽둥이는 속담에 '노루 잡던 몽둥이 삼 년 우린다'는 말에서 끌어왔다. 옛 속담집 《동언해東言解》를 보니 "한때 어쩌다 얻고는 매번 요행을 바란다[一時偶獲, 每冀僥]."라고 뜻을 매겨놓았다. 운 좋게 노루를 잡더니 그 후 재미를 붙여 툭하면 몽둥이 들고 노루 잡겠다고 설친다는 말이다. 어째 세상은 변할 줄을 모르는가?

선담후농

先淡後濃

장사꾼의 흥정법에서 배우는 처세

연암 박지원의 〈마장전馬駔傳〉은 송욱과 조탑타, 장덕홍 등 세 사람이 광통교 위에서 나누는 우정에 대한 토론으로 시작된다. 탑타가 말했다. "아침에 밥 동냥을 다니다가 포목전에 들어갔었지. 베를 끊으러 온 자가 있었네. 베를 고르더니 핥아도 보고 허공에 비춰 살피기까지 하더군. 그러고는 값은 말 안 하고 주인더러 먼저 불러보라는 게야. 그러더니 둘 다 베는 까맣게 잊었는지 포목장수가 갑자기 먼 산을 보며 구름이 나온다고 흥얼대더군. 사려던 사람은 뒷짐 진 채 왔다 갔다 벽에 걸린 그림 구경을 하고 있지 뭐야." 송욱이 대답한다. "네 말이 교태交態, 즉 사귐의 태도는 알았다고 할 만하다. 하지만 사귐의 도를 깨닫기는 아직 멀었어." 덕홍이 나선다. "꼭두각시놀음에서 장막을 치는 건 줄을 당기기 위해서라네." 송욱이 또 대답한다. "네가 교면交面, 곧 사귐의 겉모습을 알았구나. 그렇지만 도는 멀었어." 이런 식의 종잡을 수 없는 대화가 쭉 이어진다.

홍정을 시작해야 할 판에 서로 딴전만 부린다. 그 얘길 듣고 송욱이 사귐의 태도를 안 것이라고 평가했다. 둘 사이에 홍정이 붙어 거래를 이루는 것을 두 사람이 만나 우정을 맺는 것에 견줬다. 먼저 값을 안 부르는 것은 탐색전을 벌이는 것이다. 카드를 먼저 내밀었다간 기선을 제압당하기 쉽다.

명말 육소형陸紹珩의 《취고당검소醉古堂劍掃》에 이런 말이 나온다.

> 처음엔 담담하다 뒤에는 진하게, 앞서는 소원한 듯 나중엔 친하게, 먼저는 멀리하다 끝에는 가까워지는 것이 벗을 사귀는 도리다.
>
> 先淡後濃, 先疎後親, 先遠後近, 交友道也.

덤덤하게 시작해서 차츰 가까워진다. 처음엔 데면데면하다가 조금씩 친밀해진다. 그런 사귐이라야 오래간다. 만나자마자 죽고 못 살 듯이 가까워졌다가 얼마 못 가 나쁜 놈 하며 등을 돌린다. 급속도로 친해져서 그보다 빨리 멀어진다. 금세 죽이 맞았다가 대뜸 시들해진다. 꼭두각시놀음의 트릭을 뻔히 알아도 커튼으로 줄을 가려주는 예의는 필요한 법이다. 교도交道, 즉 사귐의 도리까지는 기대하지 않는다 해도, 이 간단한 이치를 몰라 세상의 싸움질이 그칠 날이 없다. 장사치의 홍정만도 못하다.

소인난거

小人難去

궁한 선비와 젊은 과부

숙종이 말했다. "나이 오십의 궁한 선비와 젊은 과부는 나 또한 두렵다.[五十窮儒, 青年寡婦, 余亦畏之.]" 뭔가 맥락이 있어 한 말이겠는데, 앞뒤 정황은 분명치 않다. 나이 오십 줄에 접어들도록 이룬 것 없이 선비의 이름만 꿰차고 있으면 못하는 짓이 없다. 울뚝밸만 늘고, 작은 유혹에도 금세 뜻을 꺾어 물불을 가리지 않는다. 청상과부의 젊은 육체는 늘 불안하다. 작은 일렁임 앞에서도 속절없이 무너지기 쉽다. 성대중成大中은《청성잡기青城雜記》에 이 말을 적고 "훌륭하다, 임금의 말씀이여! 두려워할 바를 아셨도다."라고 썼다.

평균 수명은 잔뜩 길어졌는데 대오에서 한번 이탈하면 재진입이 어렵다. 세상에 대해 원망과 분노가 시간 속에 쌓여간다. 이런 궁유窮儒의 분이 한꺼번에 터지면 감당키 어려운 극단적 행동으로 나타난다. 반대로 그는 누가 조금만 알아줘도 옳고 그름을 떠나 속을 다 내

줄 준비가 되어 있다. 어찌 두려워하지 않을 도리가 있겠는가?

> 심하도다, 소인을 없애기 어려움이[小人難去]! 급히 서두르면 무리 지어 모여 하나 되기를 도모한다. 이는 마치 궁지에 몰린 짐승을 기필코 잡으려 들면 화가 금세 닥치고, 칼에 잘린 뱀이 독을 뿜으면 그 독이 더욱 참혹한 것과 한가지다. 공의公議를 펼치려다 도리어 물리고 만다. 그렇다고 느슨하게 풀어주면 술수를 부려 권세를 훔친다. 나무뿌리와 풀이 덩굴져 퍼져나가면 노끼로도 막기가 어렵고, 꺼진 재에 불이 다시 붙으면 들판을 다 태워도 막지 못한다. 소홀한 데서 재앙이 생겨나 나중에는 도리어 모함을 당한다.
>
> 甚矣, 小人之難去也! 急之則黨聚謀合, 有如窮獸之必搏, 禍不旋踵, 斷蛇之致螫, 其毒尤慘. 欲張公議, 旋爲被噬. 緩之則植謀竊權, 有如根草之將蔓, 斧斤難禦, 死灰之復然, 燎原莫遏. 禍生所忽, 後反見誣.

이기가《간옹우묵》에서 한 말이다.

칼에 잘린 뱀이 마지막 독기를 뿜어 사람을 물면 독랄毒辣함이 더할 나위가 없다. 하물며 이들이 무리를 지으면 뒷감당이 안 된다. 급히 제거하자니 보복이 매섭고, 함께 가자 하면 어느새 뒤에서 작당해 해코지를 한다. 소인은 못된 짓을 하면서도 겉으로는 늘 명분을 앞세우니 그것이 가증스럽다. 아! 무섭다.

사후칭미

死後稱美

죽여놓고 칭찬하는 세상

윤봉구尹鳳九(1683~1768)가 〈충현서원忠賢書院〉이라는 시에서 공주의 충현서원에 배향된 중봉重峯 조헌趙憲(1544~1592)의 절의를 이렇게 기렸다.

중봉은 아득히 드높으시니
배운 바가 바르고 곧았었다네.
사문斯文의 시비가 크게 일 적에
조금도 굽히는 법이 없었지.
강개하여 시절 근심 얘기했지만
요망한 말이라며 배척받았네.
의리로 똘똘 뭉친 700의 의사義士
세운 자취 마침내 우뚝하였지.

참으로 호피虎皮의 시와 같으니
죽은 뒤에 그제야 혀를 차누나.
重峯嵂嵂高 所學元正直
斯文大是非 一毫無屈曲
憂時慷慨說 反被妖言斥
義結七百人 樹立終卓卓
眞同虎皮詩 死後方嘖嘖

호피의 시란 남명南冥 조식曺植(1501~1572)의 〈우음偶吟〉을 가리킨다. 그 시는 이렇다.

사람들 바른 선비 아끼는 것이
범 가죽 좋아함과 비슷하구나.
살았을 젠 못 죽여 안달하다가
죽은 뒤에 비로소 칭찬을 하네.
人之愛正士 好虎皮相似
生前欲殺之 死後方稱美

살아 바른말 할 때는 못 잡아먹어 난리더니, 죽은 뒤에 그제야 그는 참으로 훌륭한 선비였구나 한다는 것이다. 윤봉구는 중봉이 진작에 〈만언소萬言疏〉를 올려 폐정弊政의 개혁과 왜적의 방비를 그토록 간했건만 요망한 말로 임금의 뜻을 어지럽히고 민심을 교란시킨다는 모함만 받았던 일과, 그럼에도 임진왜란 때 그가 분연히 일어나 왜적을 맞아 싸우다 700명의 의사와 함께 장렬히 전사한 충용을 기리며 조식의 이 시를 거론했다.

이형상李衡祥(1653~1733)도 〈영양우거서永陽寓居序〉에서 같은 취지로 은거의 변을 남긴 것이 있다.

> 세상길은 양의 내장 같고 공명은 개미굴 같다. 호피를 좋아하는 것과 비슷하니, 살아서는 죽이려 들다가 죽어서야 칭찬을 한다.
>
> 世路羊腸, 功名蟻穴, 好虎皮相似, 生欲殺而死方稱.

다음은 《학산당인보學山堂印譜》의 말이다.

> 남의 선함을 들으면 의심부터 하고
> 남의 악함을 들으면 덮어놓고 믿는다.
> 이는 마음속에 가득한 살기이다.
>
> 聞人善則疑, 聞人惡則信, 此滿腔殺機也.

'그럴 리가 있나'와 '그러면 그렇지' 사이에서 얼마나 많은 호랑이의 가죽이 벗겨졌던가?

매륜남비

埋輪攬轡

수레바퀴를 파묻고 말고삐를 잡다

후한後漢 순제順帝 때 일이다. 장강張綱 등 여덟 명에게 전국을 순시해서 관리들의 비리를 규찰하라는 명이 내렸다. 다들 명을 받들어 해당 지역으로 떠났다. 장강만은 낙양의 도정都亭에다 수레바퀴를 파묻고 이렇게 말했다. "승냥이와 늑대가 조정을 맡고 있는데 여우 살쾡이를 어이 물으리.[豺狼當路 安問狐狸.]" 그러고는 당시 권력을 멋대로 농단하던 대장군 양기梁冀가 임금을 업신여긴 일을 열다섯 가지로 조목조목 나열하며 격렬하게 탄핵했다. 낙양이 이 일로 발칵 뒤집혔다.

후한 환제桓帝 때 기주冀州 땅에 극심한 흉년이 들었다. 도적 떼가 창궐하고 탐관오리가 횡행해 민심이 흉흉했다. 황제는 범방范滂을 청조사淸詔使로 보내 비리를 척결케 했다. 범방은 수레에 올라 고삐를 잡으며 천하를 반드시 맑게 하겠다는 결연한 의지를 다졌다. 그가 기주에 도착하자 탐관오리들이 지레 겁을 먹고 인끈을 풀어놓고 달아

났다. 모두《후한서》에 나온다.

한 사람은 매륜埋輪, 즉 수레바퀴를 파묻어 절대로 떠나지 않겠다는 굳은 의지를 내보였다. 나라의 당면한 급선무는 조정 안에서 권력을 잡고 제멋대로 날뛰는 큰 도적을 잡는 것이지, 저 지방 하급 관리의 비위를 조사하는 것은 급하지 않다는 뜻이다. 한 사람은 남비攬轡, 곧 고삐를 고쳐 잡아 부패 척결의 의지를 다지자 쥐새끼 같던 무리가 제풀에 도망갔다. 둘 다 굳센 뜻으로 부정과 비리를 척결하고 나라의 기강을 바로 세운 것은 같다.

잇달아 터져 나오는 국방 비리를 보면서 두 사람을 생각했다. 그들은 나랏돈을 제 주머닛돈으로 알았다. 그러고도 당당해서 카메라 앞에서 눈을 똑바로 뜬다. 자식 같은 장병들의 목숨을 적에게 내준 것보다 더 악하다. 물이 줄줄 새고 있는데 비열하게 담합하던 그 입으로 군대의 기강을 떠들고, 돈 만지던 그 손에 나라의 방위를 맡겼다. 매국노도 이런 매국노가 있는가? 한나라 성제成帝 때 지방관이었던 주운朱雲이 어전에 뛰어들어 "신에게 상방尙方의 참마검斬馬劍을 내려주소서. 아첨하는 신하 한 사람을 처단하여 그 나머지를 분발케 하겠나이다." 하던 외침이 자꾸 귀에 맴돈다.

추구목옹

芻狗木翁

쓸모가 다해 버려지는 물건

이규보가 지은 〈이학사의 시에 차운하여 보내다次韻李學士再和籠字韻詩見寄〉의 5, 6구는 이렇다.

> 옛사람 묵은 자취 추구芻狗로 남아 있고
> 지난날의 뜬 영화는 목옹木翁을 웃는다네.
> 古人陳迹遺芻狗　往日浮榮笑木翁

또 〈하산하라는 데 대해 감사하는 글謝下山狀〉에서도 "삼가 생각건대 저는 절집의 쇠잔한 중이요 선대 조정의 묵은 물건으로, 형세는 제사 마친 추구와 같고 모습은 놀다 버린 목옹과 한가지입니다."라고 했다.

두 글에 모두 추구芻狗와 목옹木翁이 대구로 등장한다. 추구는 제사

때 쓰는 풀로 엮어 만든 개다. 《장자》 〈천운天運〉에서 "추구는 진설하기 전에는 상자에 담아 수놓은 비단으로 감싸두었다가 제사를 주관하는 사람이 재계할 때 모셔간다. 진설을 마치고 나면 길 가던 자가 그 머리와 등을 밟고 땔감 줍는 자가 가져다가 불을 때기도 한다. 만약 되가져가 상자에 담아 수놓은 비단에 싸두고서 그 아래에서 생활하게 되면, 악몽을 꾸지 않으면 반드시 자주 가위 눌리게 된다."고 한 바로 그 물건이다.

추구는 제사에 없어서는 안 될 중요한 물건이다. 소중하게 간직하다 제사만 끝나면 길에다 던져서 일부러 짓밟고 땔감으로 쓴다. 그렇게 하지 않으면 추구에 붙은 귀신이 방자를 해서 산 사람을 괴롭힌다고 믿었다. 목옹은 나무로 깎은 인형이다. 아이들이 장난감으로 가지고 놀며 애지중지하다가 싫증 나면 길에다 내던져버린다.

서거정徐居正도 〈봄날의 회포를 적다春日書懷〉에서 이렇게 노래했다.

> 공명이야 필경은 추구와 다름없고
> 신세는 날아 솟는 종이 연에 부끄럽다.
> 功名畢竟同蒭狗　身世飛騰愧紙鳶

여기서는 추구에 지연紙鳶, 즉 종이 연을 대구로 썼다. 종이 연이 허공 높이 솟아 활기차게 난다. 그러다가 연줄이 끊어지면 끝 모른 채 날려가서 자취를 알 수 없다. 이 또한 액막이용이다.

필요할 때는 너밖에 없다며 추켜세우다가 볼일을 다 보고 나면 길에다 내던져서 일부러 짓밟고 땔감으로 태워버린다. 혹시 가위에 눌리거나 동티가 날까 봐 더 못되게 굴어 결국 죽음으로까지 내몬다. 권력이 무섭다. 인간이 참 무섭다.

공이불명

公而不明

공정함만 따지고 현명함이 없다면

1734년 5월, 영조가 경연經筵에서 신하들에게 말했다.

> 공정해도 현명치 않으면 어진 이를 어리석다 하고, 어리석은 자를 어질다 하게 된다. 현명하나 공정치 않으면 비록 그가 어진 줄 알아도 능히 쓰지 않고, 어리석은 줄 알면서도 능히 버리지 못한다. 쓰고 버림의 분별이 또한 어렵지 아니한가?
>
> 公而不明, 則以賢爲愚, 以愚爲賢. 明而不公, 則雖知其賢, 不能用, 雖知其愚, 不能舍. 用舍之分, 不亦難哉.

서명응徐命膺(1716~1787)이 엮은 〈영종대왕행장英宗大王行狀〉 중에 나온다.

공정함만 따질 뿐 현명함이 결여된 것이 공이불명公而不明이요, 현명하나 공정함을 잃게 되면 명이불공明而不公이다. 공公은 치우치지 않는 마음이다. 공평하고 공정하려면 밝은 판단력의 뒷받침이 있어야 한다. 그렇지 않으면 현명함과 어리석음의 분별이 사라져 뒤죽박죽이 된다. 공정함은 누구에게나 공평하게 기회를 주는 데 있지 않고 능력 있는 사람에게 기회를 주고 어리석은 사람은 쓰지 않는 데서 성취된다. 반대로 현명한 판단력을 갖추고도 공정함을 잃으면 사사로움이 개재되어 능력을 알고도 쓰지 않고 어리석은 줄 알면서 내치지 못한다. 하나는 난감하고 하나는 곤란하다.

기윤紀昀의 《아법집我法集》에도 〈공이불명公而不明〉이란 항목이 실려 있어 살펴보니 시 한 수를 소개한 후 이런 설명을 달았다.

> 공정하면 마땅히 현명함이 생겨나야 하건만, 어이해 도리어 현명치 못한 데로 돌아가고 말았던가? 이는 바로 스스로 자신이 공정하다 믿어 마음에 부끄러움이 없고 혐의하는 바가 없기 때문에 꼼꼼하게 점검하지 않아서일 뿐이다.
> 公當生明, 何以反歸不明. 正緣自是其公, 心無所愧怍, 無所嫌疑. 故不詳悉檢點耳.

나는 떳떳하다. 아무 사심이 없다. 이 같은 확신이 자신의 행동에 당당함을 심어준 것까지는 좋은데, 자칫 점검의 내실을 놓치게 되는 것은 아쉽다. 공정의 이름으로 벌어지는 현명치 못한 행동, 실상을 잘 알면서도 한쪽만 치우쳐 편드는 목소리가 늘 너무 높아 걱정이다.

파부균분

破釜均分

작은 이끗에 목숨을 거는 세상

한漢나라 때 임회臨淮에 사는 사람이 비단을 팔러 시장에 갔다. 갑자기 소나기가 쏟아지자 얼른 비단을 머리에 얹어 비를 피했다. 뒤늦게 한 사람이 뛰어들더니 자기도 덕분에 비를 피하게 해달라고 했다. 비단 주인은 자신의 비단 한 끝을 그 사람에게 내주었다. 비가 그쳤다. 젖은 비단을 거두어 정돈하려는데, 비를 피하게 해달라던 자가 갑자기 태도를 싹 바꿔 비단이 원래 자기 것이니 내놓으라고 우기기 시작했다. 비단 주인은 기가 턱 막혔다. 마침내 서로 엉겨 붙어 큰 싸움이 되었다.

태수 설선薛瑄이 지나다가 두 사람을 불렀다. 둘은 태수 앞에서도 기세가 등등했다. 설선이 관리를 시켜 비단을 절반으로 잘라 반씩 나눠주었다. 그러고는 두 사람의 반응을 들어보게 했다. 비단 주인은 원통해 죽겠다며 여전히 펄펄 뛰었다. 비를 피하려던 자는 "나리의 은

혜입니다." 하며 고마워했다. 설선이 고맙다고 말한 자를 끌어다가 매섭게 고문해 실토를 받고는 죽여버렸다.

어차피 비단은 하나뿐이라 둘 중 하나는 거짓말쟁이다. 비를 피하게 해준 은공도 잊고 남의 비단을 가로채려 한 자는 절반을 거저 얻은 것이 기뻐 저도 몰래 나리의 은혜라고 말해버렸다. 비록 작은 비단 한 쪽이지만 풍속의 문제라 설선은 그를 죽여 고을의 기강을 세웠다. 《태평어람太平御覽》 인사부人事部에 나온다.

세조 때 함우치咸禹治(1408~1479)가 전라감사로 있을 때 일이다. 지체 높은 가문의 형제가 서로 큰 가마솥을 차지하려고 싸우다가 관에 소송을 걸어왔다. 이 말을 들은 함우치가 크게 노해 아전을 시켜 크고 작은 가마솥 두 개를 급히 가져와 때려 부숴서 근량으로 달아 정확하게 반분해 나눠주라고 했다. 그 말을 들은 형제가 정신이 번쩍 들어 소송을 즉각 취하했다. 깨진 솥의 쇳조각을 다 가져봤자 작은 가마솥만도 못했기 때문이다.

배은망덕背恩忘德도 유분수지, 은혜를 원수로 갚는다. 조금 큰 솥을 차지하겠다고 형제간에 송사를 건다. 있어도 그만 없어도 그뿐인 작은 이끗 다툼에 목숨을 걸고 천륜을 등진다. 전부 아니면 전무全無다. 인간의 탐욕이 끝없다.

근신수마

謹身數馬

몸에 밴 신중함이라야

허균이 젊은 시절 감목관監牧官으로 말 목장에 파견되면서 시 한 수를 썼다. 앞의 네 구는 이렇다.

기북冀北에서 좋은 말을 가려내어서
금대金臺에서 특별한 은총 입었네.
몸을 삼가 수마數馬를 생각하지만
감목으로 말 먹임이 부끄러워라.
冀野掄材重　金臺荷寵殊
謹身思數馬　監牧愧攻駒

과거에 급제해 큰 뜻을 펼쳐볼 줄 알았는데, 고작 말 목장에서 말똥이나 치우고 망아지 기르는 일이나 감독하는 관원이 된 일을 자조한 내용이다.

제3구의 수마數馬는 고사가 있다. 진晉나라 때 석경石慶이 태복太僕으로 수레를 몰고 나갔다. 왕이 그에게 불쑥 수레를 끄는 말이 몇 마리냐고 물었다. 석경은 채찍으로 말의 숫자를 하나하나 세더니 손가락 여섯 개를 펴 보이며 "여섯 마리입니다."라고 말했다. 뒤에 승상의 지위에 올랐다. 《한서漢書》에 나온다. 허균은 당장의 신세가 비록 한심해도 근신수마謹身數馬의 마음가짐을 지녀 장차 천리마 같은 인재가 되리라는 포부로 이어지는 시를 마무리했다.

명종의 환후가 위중하자 영의정 이준경李浚慶(1499~1572)이 숙직하며 곁을 지켰다. 밤중에 왕의 병세가 갑자기 위독해졌다. 후계조차 못 정한 상태였다. 이준경이 침전 밖에서 뒤를 이을 사람을 물었다. 인순왕후仁順王后가 덕흥군의 셋째 아들로 보위를 이으라는 전교를 내렸다. 입직해 있던 재상 여럿이 이미 대전 섬돌 위로 올라와 있었다. 이준경이 말했다. "소신은 귀가 어둡습니다. 다시 하교해주소서." 왕후는 모두가 분명하게 들을 수 있도록 두 번 세 번 또렷하게 말했다. 그제야 이준경은 윤탁연尹卓然에게 전교를 받아 적게 했다. 윤탁연은 '제삼자第三子'의 '三'을 '參'으로 썼다. 이준경이 이를 보고 말했다. "이 누구의 아들인고?" 기특해서 한 말이었다. 《기언記言》에 나온다.

영의정은 뻔히 듣고도 크게 말해달라고 했다. 승지는 '三'이라 쓰지 않고 '參'으로 썼다. 국가의 대계가 걸린 문제라 혹시 있을지 모를 오해의 여지를 이렇게 원천적으로 차단했다. 평소 몸에 밴 신중함이 아니고는 이럴 수가 없다. 나랏일에 대충대충 설렁설렁은 있을 수 없다.

형제비타

兄弟匪他

이겨도 지는 싸움

손변孫抃(?~1251)이 경상관찰사로 있을 때 일이다. 동생이 누나를 소송했다. 누이는 아버지가 돌아가시면서 동생에게 검은 옷과 검은 갓, 미투리 한 켤레, 종이 한 권만 주고 나머지는 다 자신에게 물려주었다고 대답했다. 아버지가 남긴 문건까지 보여주었다.

둘을 불러 사정을 들어보니 당시 어머니는 이미 세상을 떴고, 누이는 시집을 갔고, 동생은 고작 일곱 살이었다. 손변이 말했다. "부모 마음은 똑같다. 시집간 딸에게만 후하고 어미 없는 일곱 살짜리 아들에게 박하게 했겠느냐? 아들이 누이밖에 의지할 데가 없는데, 재물을 나눠주면 동생을 잘 돌보지 않을까 염려해서 그랬을 것이다. 아들이 자라면 이 종이로 소장을 써서 검은 관에 검은 옷을 입고 미투리를 신고 관에 소송하면 바로잡아줄 것을 알고 이 네 가지 물건을 남겨주었구나." 남매가 듣고 마주보며 울었다. 유산을 반씩 나누어주었다.

《역옹패설》에 나온다.

선산부사 송기충宋期忠이 삼형제의 송사를 처리했다. 아버지가 세상을 뜨면서 막내아들에게 재산을 다 물려주고 첫째와 둘째에게는 주지 않았다는 것이다. 부사가 일부러 죽은 아비의 처사를 나무라며 풀로 인형을 만들어 묶었다. 인형을 형제의 아버지라 하고, 끈에 매어 잡아끌게 했다. 첫째와 둘째는 주저하지 않고 인형을 땅에다 끌었다. 막내아들에게 끌게 하자 그가 말했다. "풀로 만든 인형이라도 아버지라 이름 붙이니 어찌 잡아끕니까? 차마 할 수 없습니다." 송기충이 말했다. "아비만큼 자식을 아는 이가 없다더니 막내에게 유독 후하게 한 것이 당연하다." 그러고는 두 아들을 내쫓아버렸다. 《효빈잡기效嚬雜記》에 보인다.

《시경》〈규변頍弁〉 시는 이렇다.

술은 맛나고
안주는 푸짐하다.
어찌 다른 사람이리
형제이지 남 아닐세.
눈이 내릴라치면
싸락눈이 먼저 오네.
죽을 날 모르거니
몇 번이나 서로 볼까.
오늘 저녁 술 즐기며

군자가 잔치하네.

爾酒既旨　爾殽既阜

豈伊異人　兄弟匪他

如彼雨雪　先集維霰

死喪無日　無幾相見

樂酒今夕　君子維宴

살아 있는 아버지의 뜻을 놓고 형제간 다툼으로 나라가 시끄럽다. 이겨도 지는 싸움이다. 큰 눈이 오기 전에 그만두는 것이 옳다.

기부포비

飢附飽飛

배고프면 붙고 배부르면 뛴다

당나라 시인 고적高適의 〈휴양에서 창 대판관에게 작별하며 답하다睢陽酬別暢大判官〉는 이렇다.

오랑캐는 본래부터 끝이 없으니
회유함 하루아침 일이 아닐세.
주려 착 붙을 때는 쓸 만하다가
배부르면 떠나가니 어이 붙들까.
戎狄本無厭　羈縻非一朝
飢附誠足用　飽飛安可招

서융西戎은 초원에 야영하며 사는 족속으로, 사납고 거칠어 좀체 신하로 복속되는 법이 없다. 곡식이 늘 부족해 먹을 것이 없으면 중원에 붙어 순종하지만, 일단 배가 부르고 나면 언제 그랬느냐는 듯이 통제를 벗어날 뿐 아니라 중원에 큰 위협을 가하곤 했다. 시 속의 기부포비飢附飽飛는 배고프면 붙고 배부르면 날아간다는 의미다. 형세가 여의치 않으면 숙이고 들어와 혜택을 구걸하고, 만만하다 싶으면 어느새 등을 돌려 해코지를 한다.

두보는 〈경급警急〉에서 위 구절을 받아 변방에서 패전한 고적을 풍자했다.

> 화친함이 못난 계획인 줄 알지만
> 공주께서 돌아올 곳이 없다네.
> 지금은 청해를 누가 얻었나
> 서융은 배부르면 달아나는 걸.
> 和親知拙計　公主漫無歸
> 靑海今誰得　西戎實飽飛

금성공주金城公主를 토번吐蕃에 시집보내면서까지 화친을 꾀했지만, 결국은 토번이 청해靑海 땅을 침략해서 차지해버린 옛일을 지적해 말했다.

다음은 조선 중기 장유張維가 나응서羅應瑞의 시 〈견분遣憤〉을 차운한 세 수 중 첫 수다.

> 듣자니 서융이 또 포비를 하였다니

조정 정책 모두가 올바르지 않아설세.
저 못난 벼슬아치 종내 무슨 보탬 되리
강호의 포의布衣 보기 부끄럽기 짝이 없네.
聞說西戎更飽飛　漢庭籌策總成非
迂疎肉食終何補　愧殺江湖一布衣

나응서가 시국을 보고 분을 못 참아 쓴 시에 동감한 내용이다. 후금이 다시 준동해 국경을 위협한다는 소식에 조정의 무능력한 대응을 질타했다. 포비는 일종의 '먹튀'다. 배고프다며 협박할 때마다 달래서 먹을 걸 내주니, 덕화에 감화되기는커녕 아쉬우면 회유되는 척 잇속을 챙긴 후 뒤돌아서 다시 능멸한다. 문제는 해결되는 법 없이 반복되어 쌓인다. 공주를 내줘도 안 되고 식량으로 달래도 소용없다. 고분고분해졌나 싶어 손을 내밀면 어느새 칼을 휘두르며 찌르자고 달려든다. 상식이 통하지 않으니 방법이 없다.

시비이해

是非利害

시비와 이해라는 두 가지 저울

다산이 아들 정학연에게 준 편지 중 한 대목.

> 천하에는 두 가지 큰 저울이 있다. 하나는 시비是非, 즉 옳고 그름의 저울이고, 또 다른 하나는 이해利害, 곧 이로움과 해로움의 저울이다. 이 두 가지 큰 저울에서 네 가지 큰 등급이 생겨난다. 옳은 것을 지켜 이로움을 얻는 것이 가장 으뜸이다. 그다음은 옳은 것을 지키다가 해로움을 입는 것이다. 그다음은 그릇됨을 따라가서 이로움을 얻는 것이다. 가장 낮은 것은 그릇됨을 따르다가 해로움을 불러들이는 것이다.
>
> 天下有兩大衡. 一是非之衡, 一利害之衡也. 於此兩大衡, 生出四大級. 凡守是而獲利者太上也, 其次守是而取害也, 其次趨非而獲利也, 最下者趨非而取害也.

시비是非의 축과 이해利害의 축이 만나 네 가지 경우를 낳는다. 첫 번째는 시이리是而利다. 좋은 일을 했는데 결과도 이롭다. 더 바랄 것이 없다. 두 번째는 시이해是而害다. 옳은 일을 하고 손해만 본 경우다. 세 번째는 비이리非而利다. 나쁜 짓 해서 이득을 보는 것이다. 수단이 조금 잘못되어도 결과만 좋으면 좋은 게 아닌가? 네 번째는 비이해非而害다. 나쁜 짓 하다가 손해를 본 경우다.

첫 번째는 드물고, 두 번째는 싫어서, 세 번째라도 하려다가 꼭 네 번째가 되고 마는 것이 세상일이다. 질서를 지키면 좋으련만, 아침마다 얌체처럼 길 끝에서 끼어들기 하는 차를 볼 때마다 줄서서 기다린 나는 뭔가 하는 생각이 든다. 혼자만 손해 볼 수 없어 나도 끼어들기를 시작한다. 그러다가 교통경찰의 단속에 걸린다. 교통 체증은 이래저래 더 심해져서 결국 모두가 손해를 본다.

문제는 늘 두 번째와 세 번째의 사이에서 생긴다. 당장 손해를 보더라도 옳은 길을 가야 하는가? 이익을 위해 시비쯤은 잠깐 외면해도 좋은가? 두 번째와 세 번째가 부딪칠 때 세상은 늘 두 번째를 바보라 비웃고 세 번째를 현명하다고 칭찬한다. 교육 현장도 마찬가지다. 성적만 높으면 인간성은 나빠도 괜찮다. 대학도 취업률이 중요하지, 인성 교육은 늘 뒷전이다. 결과가 좋으면 수단은 문제 삼지 않는다. 모로 가도 서울만 가면 된다. 하지만 과정과 절차가 잘못되면 당장 결과가 좋아도 오래가지 못한다. 거쳐야 할 단계를 건너뛰면 성과만능주의에 빠지고, 승자독식勝者獨食의 세상이 되고 만다. 두 기준이 부딪칠 때 시비의 잣대를 들이대는 사회라야 건강하다. 그런 확신을 개인의 도덕성에 내맡길 수는 없다. 공정한 규칙과 시스템으로 보장하는 것이 마땅하다.

시비재중

是非在中

옳고 그름의 판단은 중간에 있다

쾌남아 임제林悌(1549~1587)가 술에 담뿍 취했다. 가죽신과 나막신을 짝짝이로 신고 술집 문을 나선다. 하인이 말한다. "나으리! 취하셨습니다요. 신을 짝짝이로 신으셨어요." 임제가 대답한다. "이놈아! 내가 말을 타고 가면 길 왼편에서 본 자는 가죽신을 신었군 할 테고, 오른편에서 본 자는 나막신을 신었구먼 할 테니 뭐가 문제냐? 어서 가자." 박지원의 〈낭환집서蜋丸集序〉에 나오는 얘기다.

짝짝이 신발은 누구든 한눈에 알아본다. 그런데 말 위에 올라타면 한순간에 모호해진다. 사람들은 제가 본 한쪽만으로 반대편도 그러려니 한다. 반대편도 마찬가지다. 결국 진실 게임으로 번진다. 우기다가 사생결단의 싸움이 된다. 막상 당사자가 말에서 턱 내리면 둘 다 머쓱하다.

세상에는 이런 일이 얼마나 많은가? 종업원의 서비스가 마음에 안

들었던 임신부는 말다툼을 하다가 몸싸움까지 했다. 분해서 인터넷에 배를 여러 번 걷어차였다고 글을 올렸다. 자신의 잘못은 애초에 없는 듯이 썼다. 업주가 달려와 덮어놓고 영업점 폐쇄를 선언하고 납작 엎드렸다. 뒤늦게 CCTV 영상을 돌려보고 종업원의 말을 들으니 전혀 달랐다. 이번에는 사과를 취소한다고 선언했다. 고소해하던 임신부는 별안간 날벼락을 맞았다. 또 다른 식당에서 중년의 여인은 아이가 달려들어 손에 든 뜨거운 국물을 쏟는 바람에 손을 데었다. 아이는 얼굴을 온통 데었다. 손이 덴 여자는 그 사실을 모른 채 화가 나서 자리를 떴다. 그 사이에 여자는 '국물녀'로 도배되어 범죄인으로 매도되었다.

진실은 뭔가? 다툼이 있었고 문제가 발생했다. 임신부의 말은 지나쳤고, 종업원의 대응도 아름답지 않았다. 회사는 진상 파악보다 사과에 급급하더니, 금세 사과를 취소하겠다고 기세가 등등했다. 손을 덴 여자와 얼굴을 덴 아이 부모는 서로가 피해자라고 생각했다.

내가 본 것은 분명히 나막신인데, 반대쪽에 가죽신을 신었을 줄 어찌 짐작했겠는가? 한쪽에 가죽신을 신고 반대쪽에 나막신을 신는 미친놈도 있는가? 제 판단만으로 결론지어 단죄하고 죽이자고 달려든다. 그러나 그런가? 세상에는 알 수 없는 일, 묘한 상황이 참 많다. 시비의 판단이 쉽지가 않다. 왼쪽 오른쪽만 있지, 중간이 없다. 명심하라. 시비의 가늠은 중간에 있다[是非在中]. 짝짝이 신발이 한눈에 들어오는 그 중간은 어디인가?

이진지인

易進之人

진짜와 가짜를 가려 쓰는 법

위징魏徵은 정치에서 사람 쓰는 일의 요점을 이렇게 말했다.

> 벼슬길에 나아감을 쉽게 여기는 사람[易進之人]은 버리고, 얻기 어려운 재화는 천하게 여겨라. 다스림은 어진 이를 나아가게 하고 부족한 자를 물러나게 하는 데 달렸다.
>
> 去易進之人, 賤難得之貨. 治係於進賢退不肖也.

저마다 자기가 적임자라 하고 자기밖에 할 사람이 없다고 하는데, 무엇으로 그 참과 거짓을 분별할까? 공직에 나아감을 우습게 알고 돈만 아는 사람부터 솎아내면 된다.

명나라 때 설선薛瑄(1389~1464)은 자신의 오랜 관직 체험을 담아《종정명언從政名言》을 지었다. 그는 당나라 때 시인 위응물韋應物의 다음 구절을 즐겨 외우곤 했다. "거처가 우뚝이 저리 높건만, 백성 편함 못 봄이 부끄럽구나.[自慙居處崇, 未覩斯民康.]" 지위가 높아 관부의 큰 집에 사는데 그 책임에 걸맞은 다스림으로 백성의 활짝 편 얼굴을 볼 수가 없어 그것이 부끄럽기 짝이 없다는 얘기다.

이런 말은 참 의미심장하다.

> 남이 자기를 헐뜯는 말을 듣고 성을 내면
> 자기를 칭찬하는 자가 이른다.
> 聞人毁己而怒, 則譽己者至矣.

비판을 비방으로 들으면 칭찬이 들리기 시작한다. 칭찬만 듣고 싶은가? 남의 비판에 버럭 성을 내면 된다. 그다음부터는 알아서 기는 무리가 그 주변을 둘러싼다. 그걸 정말 제가 잘해 그런 줄 알면 나는 지금 잘못되어가는 중이다.

책에는 이런 말도 보인다.

> 옛날에 벼슬길에 있던 사람은 사람을 길렀는데,
> 오늘날 벼슬에 종사하는 자는 제 몸뚱이만 기른다.
> 古之從仕者養人, 今之從仕者養己.

오늘의 출사표가 양인養人을 위함인지 양기養己의 속셈인지 잘 따져 보아야 한다.

성호 이익은《성호사설》에서 앞서 위징의 말을 인용한 후 이렇게 적었다.

> 벼슬에 나아감을 어렵게 여기는 사람은 아무리 기대에 어긋나는 일이 많다 해도 마침내 나라를 위해 목숨을 바칠 사람이고, 벼슬에 나아가기를 쉽게 생각하는 자는 아무리 한때 좋은 계책을 낸다 해도 결국은 자기 몸만 이롭게 할 사람이다.
> 難進者, 雖許多蹉失, 畢竟殉國人也. 易進者, 雖使一時良圖善策, 畢竟利己人也.

이 판단을 바르게 내리지 못하면 그 폐해가 한두 사람에 그치지 않으니 문제다. 문제를 알았을 때는 너무 늦었다.

신언불미

信言不美

번드르르한 말을 믿지 마라

화려한 말잔치로 한 해가 다 갔다. 저마다 제가 옳고 남이 틀렸다고 하니, 옳고 그름의 판단이 갈수록 어렵다. 이 말 들으면 이 말이 맞고, 저 말 들으면 그게 더 그럴 법하다. 한쪽이 옳으면 다른 쪽은 그른 것일 터. 하지만 세상에 전부 옳고 완전히 그른 일이 없다 보니 옳고 그름이 겹쳐지는 대목에서 자꾸 착시 현상이 생기는 법이다. 맥락을 외면한 채 아전인수 격으로 저 보고 싶은 쪽만 바라보고 높이는 목청은 이제 조금 가라앉혀야겠다.

《도덕경》 제81장에서 노자가 말했다.

> 믿음성 있는 말은 아름답지 않고, 아름다운 말은 믿음성이 없다. 착한 사람은 말을 잘 못하고, 말을 잘하는 자는 착하지가 않다. 지혜로운 자는 해박하지 않은데, 해박한 자는 지혜롭지

못하다. 성인은 쌓아두는 법이 없다. 남을 위했는데 자기가 더 갖게 되고, 남에게 주었건만 자기는 더 많아진다. 하늘의 도는 이롭게 하지 해되는 법이 없고, 성인의 도는 위할 뿐 다투지 않는다.

信言不美, 美言不信. 善者不辯, 辯者不善. 知者不博, 博者不知. 聖人不積, 旣以爲人, 己愈有, 旣以與人, 己愈多. 天之道, 利而不害. 聖人之道, 爲而不争.

참 간명한 대비다. 그럴싸한 말은 무책임하다. 번드르르한 말에는 속임수가 깃들어 있다. 떠벌릴수록 속 빈 강정이 대부분이다. 그런데도 자꾸 그럴싸한 말에 솔깃하고 번드르르한 말에 귀가 쫑긋해져서 우리는 진실을 못 보고 종종 핵심을 놓친다. 말이 많아지는 것은 상대를 현혹시키기 위해서다. 진리는 단순한 데 있다. 때문에 진실은 자주 불편하다. 자기 판단이 없이는 우왕좌왕 떠드는 대로 몰려다니게 된다. 이로움이 있을 뿐 해됨이 없는 하늘의 도리, 서로를 위하기만 하고 다툴 줄 모르는 성인의 마음은 난무하는 교언영색巧言令色 앞에 바보 취급을 당하기나 딱 좋다.

밝아오는 새해에는 말의 신뢰성을 회복하는 데서 시작하면 어떨까? 달콤하고 그럴싸한 말 말고 투박하고 질박한 말, 빙빙 돌려 얘기하지 않고 찔러서 하는 얘기, 곁가지를 걷어내서 허심탄회해지는 그런 대화법이 더 멀리 퍼져갔으면 싶다. 믿음성 있는 말은 번드르르하지 않다. 번드르르한 말은 믿음성이 없다.

제3부

가석세월

可惜歲月

문득 돌아보면 곁에 없는 것

이덕무가 《세정석담歲精惜譚》에서 이렇게 말했다.

천지간에 가장 애석한 것은 세월과 정신이다. 세월은 한정이 없지만 정신은 유한하다. 세월을 허비하면 소모된 정신을 다시 수습할 길이 없다. 대저 사람은 어린아이 적을 빼면 성장하여 어른이 되고, 어른이 되어서는 장가를 든다. 장가든 뒤에는 어린 자식들이 주렁주렁 눈앞에 가득하다. 어느새 남의 아비가 되어 잠깐 만에 터럭이 희끗희끗해진다. 마침내 손주를 안게 되자 늙음의 형세를 막을 길이 없다. 그제야 머리를 긁적이며 어린 시절부터 성인이 되어 장가들고 손주를 안은 채 터럭만 희끗해지기에 이른 것을 생각해보노라면 그 정신의 성쇠盛衰가 판연히 달라 마치 아득한 딴 세상의 일처럼 여겨진다. 평생을 찬찬히 돌이켜보면 쭈그렁박처럼 아무 이룬 것도 없다. 아무리 긴 한숨을 내쉰대도 어찌해볼 도리가 없다.

天地間, 最可惜者, 歲月也, 精神也. 歲月無限, 精神有限. 虛費了歲月, 其衰耗之精神, 無可復收拾矣. 凡人髫以前無論, 自髫而冠, 冠而娶, 旣娶乎則弱女稚子, 森森滿眼, 居然爲人父, 少焉髮蒼白. 而始抱孫, 老之勢, 浩難防矣. 於是搔首思髫而冠, 冠而娶, 以至于抱孫而髮蒼白. 則其精神之衰盛, 判然若先後天, 細撿其平生, 瓠落無所成. 雖長嘯太息, 無計奈何.

엊그제 어린아이가 불쑥 자라 어른이 되고 아버지가 되고 할아버지가 된다. 사람의 한평생이 실로 눈 깜빡할 사이이다. 맑은 정신으로 밝게 살아도 아까운 시간인데 어 하다 보면 손안에 움켜쥔 모래처럼 세월은 허망하게 손가락 사이로 빠져나간다. 사람이 정신을 한번 놓으면 그때부터 얼빠진 인생이 된다.

이용휴李用休(1708~1782)도 〈당일헌기當日軒記〉에서 말한다.

사람이 오늘이 있음을 모르게 되면서 세상의 도리가 어긋나고 말았다. 어제는 이미 가버렸고 내일은 아직 오지 않았다. 하고 싶은 일이 있어도 오직 오늘이 있을 뿐이다. 이미 지나간 것은 돌이킬 방법이 없고, 아직 오지 않은 것은 비록 삼만 육천 날이 잇달아 오더라도 그날그날에는 저마다 그날에 해야 할 일들이 기다리고 있어 실로 이튿날까지 미칠 여력이 없다. 참 이상도

하다, 저 한가로운 사람은. 경전에도 없고 성인께서 말씀하신 적도 없는 소일消日이라는 말에 기대며 살아간다.

自人之不知有當日而世道非矣. 昨日已過, 明日未來. 欲有所爲, 只在當日. 已過者, 無術復之, 未來者, 雖三萬六千日相續而來, 其日各有其日當爲者, 實無餘力可及翌日也. 獨怪夫閒者, 經不載聖不言, 而有托以消日者.

"어찌 지내는가?" "그저 소일이나 하지 뭐." 일상에서 늘 주고받는 얘기다. 소일消日은 날을 소비한다는 말이다. 부지런히 계획을 세워 바삐 살기에도 아까운 시간인데, 그저 시간을 죽이고 날을 소비하며 하루하루를 살아간다는 것처럼 슬픈 말이 없다. 그러는 사이에 세월은 쏜살같이 지나가고 정신은 마모되어 '아, 늙었구나!' 하는 탄식이 절로 나온다.

잠시광경

暫時光景

잠시의 광경에 기억이 담긴다

《독서보讀書譜》를 읽는데 글 속의 '잠시광경暫時光景'이라는 말이 나를 툭 건드린다. 잠시광경이라, 이 말 때문에 잠시 생각에 빠졌다. 그렇다. 세상만사가 다 잠시광경에 지나지 않는다. 변치 않을 것 같았던 사랑도, 용서할 수 없는 미움도, 눈앞을 스쳐 가면 잠시광경일 뿐이다.

서울대박물관이 소장한 연암 박지원의 친필 서간첩은 안의와 면천 현감 시절에 집으로 보낸 편지들을 묶은 것이다. 읽을 때마다 그가 붙든 잠시광경 너머로 그가 보인다. 그중 한 대목은 이렇다.

> 집을 수리할 때 벽 사이에 새로 '외가 익으면 꼭지가 떨어진다[瓜熟蒂落]'는 네 글자를 크게 써 붙여놓았더니, 감사監司와 다른 수령들이 모두 비록 벽 사이에 써 붙이기는 했지만 꼭지 빠

진 자리는 없는 것 같으니 무엇을 말한 게냐고들 하여 집이 떠나가도록 크게 웃었다. 누가 이것을 써놓을 줄 알았겠느냐? 초엿새 아침의 일이다.

修理時壁間新付'瓜熟蒂落'四大字, 監司及他守令, 皆以爲雖付書壁間, 其如無窠何云? 仍大咲閧堂, 誰知書此? 乃初六朝也.

과만瓜滿, 즉 임기가 꽉 차 떠날 때가 되었음을 네 글자로 암시하자 이를 보고 한마디씩 주고받으면서 활짝 웃던 광경을 이렇게 멈춰 세웠다.

지난번 보내온 나빙羅聘의 대나무 그림 족자는 솜씨가 기이하더구나. 온종일 강물 소리가 울부짖어서 마치 몸이 배 가운데 앉은 것처럼 흔들흔들하였다. 대개 고요하고 적막하기 짝이 없어 강물 소리가 그렇게 들렸던 게지. 문을 닫아걸고 숨을 죽이며 이 두루마리를 때때로 펼쳐 감상하지 않았더라면 무엇으로 이 마음을 위로했겠느냐? 날마다 열 몇 번씩은 말았다 폈다 하니 작문의 요령을 익히는 데 크게 유익함이 있다.

頃來羅聘竹簇, 奇筆也. 盡日河聲如吼, 身搖搖如坐舟中. 盖靜極寂極, 故河聲然也. 閉戶屛息, 非得此卷時時展玩, 何以慰懷? 盖日十數舒卷, 大有益於作文蹊逕耳.

무료한 장마철이었던 모양이다. 박제가에게서 어렵게 빌려온 나빙의 대나무 그림을 펼쳐놓고 닫힌 방 안에서 불어난 강물 소리를 듣던 답답한 마음이 그대로 되살아난다. 이걸 보다가 작문의 요령을 익혔다니, 이 선문답도 풀어야 할 숙제다.

잠시 머물다 간 광경이 기억이 된다. 잠시의 광경도 바라보는 태도에 따라 득실이 갈린다. 미움과 증오를 털어내고 미쁜 기억만 담기에도 삶은 늘 벅차다. 인생이 잠시광경의 사이를 스치며 지나간다는 생각을 했다.

창연체하

愴然涕下

삶의 속도와 그리움의 농도

"해는 져서 어두운데 찾아오는 사람 없어, 밝은 달만 쳐다보니 외롭기 한이 없다. 내 동무 어데 두고 이 홀로 앉아서, 이 일 저 일을 생각하니 눈물만 흐른다." 현제명 선생 작사 작곡의 〈고향 생각〉 1절 가사다. 저물어도 마실 오는 친구 하나 없다. 초저녁부터 허공의 흰 달을 올려다보니 외로움이 바다 같다. 타지의 초라한 거처에서 고향에 계신 부모님 생각, 막막한 생계 걱정과 앞날 근심만 하염없다.

늦은 밤 연구실을 나와 환한 달빛을 보며 걷다가 이 노래를 흥얼거렸다. 어두운 길 위로 그 처연했을 심사가 엄습해와 툇마루에 나와 앉아 하늘 보며 흘리던 그 눈물을 떠올렸다. 인터넷이나 전화가 없던 그 시절에는 그리움도 막막함도 지금과는 농도가 애초에 달랐겠다는 생각을 했다.

당나라 때 진자앙陳子昂(659~700)이 노래했다.

천지의 유유함을 생각하자니
홀로 구슬퍼져 눈물 흐른다.
念天地之悠悠　獨愴然而涕下

천지는 인간 세상의 모든 감정을 다 머금고 유유히 흘러간다. 차고 넘치거나 일렁임 없는 유장한 흐름이다. 이를 마주해 그 앞에 선 인간의 나약함이 급기야 서글픈 눈물로 맺혀 떨어지더라는 얘기다. 슬픔조차 유장하다.

삶의 속도는 느려터지고 팍팍한 생활고에 배고파 힘들었을망정 오가는 마음만큼은 간절하고 안타까웠다. 단추 몇 개만 누르면 바다 건너 가족의 얼굴이 화면에 뜨고, 모든 정보가 실시간으로 중계되는 이 편한 세상에서는 떠올리기 힘든 감정이다. 마음에 안 든다고 치약 하나를 다 짜서 먹이고, 급기야 때려죽이기까지 하는 것이 요즘 군대다. 고일 틈 없이 소비되는 감정에 길들여져 사람 목숨도 게임의 리셋 버튼 누르듯 할 수 있다고 믿은 걸까? 속도의 시대가 낳은 젊은 괴물들의 흉포함을 어찌해야 옳은가? 자리보전에 급급해 문제를 해결하기보다 덮기 바쁜 이들의 행태도 밉다.

〈고향 생각〉 2절의 가사는 이렇다. "고향 하늘 쳐다보니 별 떨기만 반짝거려. 마음 없는 별을 보고 말 전해 무엇하랴. 저 달도 서쪽 산을 다 넘어가건만, 단잠 못 이뤄 애를 쓰니 이 밤을 어이해." 자식을 군대에 보낸 부모들의 불면도 자꾸 깊어만 간다.

고태류극

古落留屐

이끼 위에 남은 발자국

이른 아침 추사 김정희가 조카 민태호閔台鎬에게 보낸 친필 편지를 읽다가 글 속 언저리를 한참 서성였다.

> 산촌의 비가 아침에 개었으니 북악산 자락에는 온갖 꽃들이 한꺼번에 피어났겠구나. 예전 비에 옷 젖던 일도 생각나고 해묵은 이끼에 신발 자국이 찍히던 것도 기억나는군.
>
> 郵雨朝晴, 想北崦百花盡放. 攬舊雨之沾裳, 記古落之留屐.

사각사각 봄비에 꽃들이 일제히 피어나 몽환적 풍경을 연출한다. 나막신을 신고 그 속으로 걸어 들어가자 물기를 머금은 스펀지 같은 이끼 위에 발자국이 또렷이 찍히더니 물이 고인다. 애틋하다. 예전 김일로 시인의 시집《송산하頌山河》중 "산기슭 물굽이 도는 나그네. 지팡이 자국마다 고이는 봄비"란 구절 앞에서 책장을 덮고 눈을 감았던 기억과 겹쳐졌다.

때마침 문자 메시지 하나가 들어온다. 고재식 선생이다. "추사가 치원에게 준 글입니다. 일본에 있는 걸 벗이 아침에 보내줘 가을 문턱 안부로 삼습니다." 함께 전송되어온 사진을 열자 일본인의 서재에 높게 걸린 추사의 친필이 황금빛 비단 안에 찬연하다. 다산의 제자 치원巵園 황상黃裳에게 추사가 써준 시다. 추사를 읽는데 추사가 왔다. 추사의 영혼과 한순간 절묘한 계합契合이 이뤄진 듯해서 한동안 마음이 황홀했다.

액자 속 여러 구절 중 한 대목은 이랬다.

> 매번 방초 볼 때마다 명마를 생각하고
> 어쩌다 운산雲山 들면 기이한 글 떠올리네.
> 每因芳艸思名馬 偶到雲山想異書

과천에 올라왔다가 멀리 강진으로 돌아가는 황상을 전송하며 이렇게 써준 것이다. 방초를 봐도 구름 산에 들어도 이제부턴 네 생각만 날 거라는 뜻이다.

이덕무가 조카 이광석에게 보낸 편지의 서두에 다음 구절이 들어 있다.

> 밤 삼경에 서상西庠에서 오는데, 두 사람의 발자국이 봄 이끼

위에 찍혀 있더군. 희미한 달빛이 이를 비추는 바람에 완연히 그대가 떠올랐소.

夜三鼓, 從西庠來, 二人之跡, 斑斑然堦下春苔上. 微月映之, 宛懷伊人也.

이광석이 벗과 함께 이덕무의 퇴근을 기다리다 길이 어긋났던 모양이다. 이덕무는 희미한 달빛 아래서 이끼 위에 두 사람의 발자국이 찍힌 것을 보고 안 그래도 네 생각을 했었노라고 했다. 이끼 위 발자국을 따라 오가던 그 마음들이 오늘 문득 그립다.

무료불평

無聊不平

불평을 돌려 창조적 에너지로

'료聊'는 부사로 쓸 때는 '애오라지'로 새기고, 보통은 힘입다, 즐긴다는 의미로 쓴다. 무료無聊하다는 말은 즐길 만한 일이 아무것도 없다는 뜻이다. 옛글에서는 흔히 무료불평無聊不平이라고 썼다. 회재불우懷才不遇! 재주를 품고도 세상과 만나지 못했다. 꿈이 있고 할 수 있는 의지와 능력이 있는데 세상은 나를 외면하고 쓸모없는 사람 취급을 한다. 이때 생기는 마음이 무료불평이다. 마음에 맞는 일이 없어 무료하고, 그 끝에 남는 것이 불평이다. 불평은 마음이 들쭉날쭉 일정하지 않아 울근불근하는 상태다.

유성룡이 우성전禹性傳(1542~1593)에게 쓴 짧은 편지에서 "그의 글은 앞서 보았는데, 그 말에 무료불평의 뜻이 조금도 없어 깊이 경복할 만합니다."라고 했다. 충분히 무료불평을 품을 만한 상황임에도 그가 의연한 태도를 견지하는 것이 인상적이라는 내용이다. 사람이 뜻대로 되는 것이 없으면 무료불평에 빠지게 마련이다. 하지만 무료불평을 꾹 눌러 이것을 창조적 에너지로 쏟아 부을 때 예상을 뛰어넘는 성과를 거둘 수 있다.

당나라 한유韓愈는 〈고한상인을 전송하는 글送高閑上人序〉에서 이렇게 썼다.

> 장욱張旭은 초서를 잘 써 다른 기예는 익히지 않았다. 기쁨과 노여움, 곤궁함과 즐거움, 원한이나 사모하는 마음이 일어나거나, 술에 취해 무료불평이 마음에 격동됨이 있으으면 반드시 초서에다가 이를 폈다.
>
> 張旭善草書, 不治他技. 喜怒窘窮, 憂悲愉佚, 怨恨思慕, 酣醉, 無聊不平, 有動于心, 必于草書焉發之.

그의 초서가 위대한 것은 손재주로 쓴 글씨가 아니라 그 안에 무료불평의 기운이 녹아들었기 때문이다. 이정귀李廷龜도 권벽權擘의 시집에 쓴 서문에서 "희로애락과 무료불평을 반드시 시에다 펼쳐서 밖으로 영욕榮辱을 사모하는 마음으로 시에 대한 몰입과 맞바꾸지 않았다."고 썼다. 이럴 때 무료불평은 건강한 창작 활동의 원천이 된다.

젊음은 본능적으로 무료불평의 상태다. 무언가 하고 싶은데 세상은 기회를 주지 않는다. 할 수 있는데 인정하지 않는다. 때로는 자기가 무엇을 할 수 있는지 잘 몰라서 무료불평에 빠지기도 한다. 한 사회의 건강성은 구성원의 무료불평을 어떻게 창조적 에너지의 동력으로 삼도록 해주느냐에 달려 있다. 무료불평을 술 먹고 부리는 행패로 풀게 만들면 안 된다. 자신에게서 나는 분忿을 남에게 퍼부으면 못 쓴다. 시스템의 마련만 아니라, 개인의 자발적 의지가 중요하다.

의재필선

意在筆先

붓질보다 뜻이 먼저다

청나라 때 문인 왕학호王學浩는 여러 번 과거에 낙방했다. 그는 대강남북大江南北을 여유롭게 노닐며 그림으로 생계를 이었다. 그림의 격이 워낙 높아 사대부들이 다투어 높은 값에 그의 그림을 사들였다. 남종화의 대가로 기려졌다. 그가 자신의 화첩에 이렇게 썼다.

> 그림의 여섯 가지 방법과 한 가지 원리는 단지 '사寫'란 한 글자로 귀결된다. '사', 즉 그림 그리는 일은 뜻이 붓보다 앞선 후, 본 것을 곧장 따르는 데 있다. 비록 헝클어진 머리에 거친 복색이라도 의취意趣가 넉넉해서, 혹 공교로운 아름다움을 지극히 하더라도 기미氣味는 고아한 것이 이른바 사대부의 그림이다. 그렇지 않다면 속된 화공의 그림과 무슨 차이가 있겠는가?
> 六法一道, 只一寫字盡之. 寫者意在筆先, 直追所見. 雖亂頭

粗服, 而意趣自足, 或極工麗, 而氣味古雅, 所謂士大夫畵也. 否則與俗工何異?

의재필선意在筆先, 붓질보다 뜻이 먼저다. 구상이 선 뒤에야 붓을 드는 법이다. 의욕을 앞세워 덮어놓고 달려들면 아까운 화선지만 버린다. 진晋나라 때 왕희지王羲之는 〈위부인의 필진도 끝에 제한 글題衛夫人筆陣圖後〉에서 다음과 같이 말했다.

> 글씨를 쓰려는 사람은 먼저 벼루와 먹을 앞에 두고 정신을 모은 채 생각을 가라앉힌다. 미리 글자 형태와 크기, 기울게 쓸지 곧게 쓸지 휘갈겨 쓸지를 생각해서 근맥筋脈이 서로 이어지게 하여, 뜻이 붓보다 앞선 뒤에야 글씨를 쓴다.
> 夫欲書者, 先乾研墨, 凝神靜思, 預想字形大小偃仰平直振動, 令筋脉相連, 意在筆前, 然後作字.

청나라 때 화가 판교板橋 정섭鄭燮도 이와 비슷한 취지의 말을 남겼다. 그의 집은 강가에 있었다. 맑은 가을날 새벽에 일어난 그가 대숲을 물끄러미 바라본다. 자옥한 안개 사이로 햇살이 빗겨들고, 댓잎에는 이슬 기운이 아직 남았다. 이 모든 것이 성근 대나무 가지와 촘촘한 잎 사이에서 아련히 떠돈다. 그 광경을 지켜보던 가슴 속에서 고물고물 그림을 그리고 싶은 강렬한 욕구가 일어난다. 억제할 수가 없다. 그의 가슴 속에 대나무가 걸어 들어온 것이다. 그는 서둘러 먹을 갈고 종이를 펼친다. 성큼성큼 붓을 재촉해서 온갖 형용을 그려낸다.

그는 의재필선과 함께 취재법외趣在法外를 말했다. 붓질보다 뜻이 먼저다. 하지만 흥취는 정한 틀을 벗어난 자리에서 일어난다. 그림만 그렇겠는가? 세상일이 다 그렇다. 순백의 화선지가 우리 앞에 펼쳐져 있다. 어떤 그림을 그릴까? 의욕을 앞세운 덤벙대는 붓질보다 차분히 생각을 가다듬는 일이 먼저다.

세간지락

世間至樂

세간의 지극한 즐거움

《아고수집雅古搜輯》은 추사 김정희와 다산 정약용 등의 친필 필첩과 화론畵論을 옮겨 적은 소책자다. 소치小癡 허련許鍊의 인장이 찍혀 있다. 읽다가 다음 글에서 눈길이 멎었다.

> 빈천이 부귀만 못하다는 것은 속된 말이다. 부귀보다 빈천이 낫다는 것은 교만한 말이다. 가난하고 천하면 입고 먹는 마련에 분주하고, 아내와 자식이 번갈아 원망한다. 어버이를 봉양하지도 못하고, 자식을 가르칠 수도 없다. 무슨 즐거움이 있겠는가? 다만 전원이 그나마 넉넉하고, 언덕과 골짜기가 기뻐할 만하다. 물에서는 고기와 새우를 벗 삼고, 산에서는 고라니와 사슴을 동무 삼는다. 구름을 밭 갈며 달을 노래하고, 눈을 낚시질하며 꽃을 읊조린다. 뜻 맞는 벗과 짝지어 어울리고, 소 먹이

는 아이는 장난치며 무릎 사이로 붙는다. 어떤 때는 한 칸 방에 오도카니 앉아 고요함을 익히며 아무 일도 작위하지 않는다. 혹은 수레를 타거나 지팡이를 짚고 여러 날 머물며 돌아옴을 잊는다. 즐겁기가 진짜 신선만 못지않아도, 어찌 늘 족하기야 하겠는가?

貧賤不如富貴, 俗語也. 富貴不如貧賤, 驕語也. 貧賤則奔走衣食, 妻孥交謗. 親不及養, 子不能教, 何樂之有. 唯是田園粗足, 丘壑可怡, 水侶魚蝦, 山友麋鹿. 耕雲誦月, 釣雪吟花. 同調之友, 兩兩相命, 食牛之兒, 戲着膝間. 或兀坐一室, 習靜無營, 或命駕杖藜, 留連忘返. 爲樂不減眞仙, 何尋常足云.

글쓴이가 밝혀져 있지 않아 찾아보니 명나라 때 사조제가 《오잡조五雜俎》에서 한 말이었다. 이 글을 베껴 쓴 추사의 마음을 짐작할 수 있을 것 같다. 부귀를 가벼이 보는 것은 몰라도, 빈천을 자랑함은 건방진 말이라는 대목이 마음에 와 닿는다. 중간에 '습정무영習靜無營', 즉 고요함을 익혀 작위하지 않는다는 표현에 밑줄을 그었다. 이 바쁜 세상에 무슨 무위도식無爲徒食의 잠꼬대 같은 소리냐는 빈정거림이 들릴 법하다. 그때도 이런 생활은 꿈에서나 가능한 일이었다.

잇대어 쓴 다음 문장은 《송사宋史》 〈소순흠열전蘇舜欽列傳〉에 나오는 글이다.

초저녁에 잠들어 대낮에야 일어난다. 뜨락은 고요하고 창문은

> 환하다. 그림과 책을 펼쳐놓고 거문고와 술잔으로 날마다 즐긴다. 흥이 일면 작은 배를 띄워 읊조리며 강과 산의 사이에서 옛일을 돌아본다. 좋은 차와 막걸리는 근심을 녹여주기에 충분하고, 미나리와 게는 입맛을 돋우기에 알맞다. 이야말로 세간의 지극한 즐거움이다.
>
> 三商而眠, 高舂而起, 靜院明窓, 羅列圖史, 琴樽以日寤. 有興則汎小舟, 吟嘯覽古於江山之間. 渚茶野釀, 足以消憂, 蓴菜稻蟹, 足以適口. 是爲世間至樂.

부귀가 무작정 자랑이 아니듯, 빈천도 부끄럽기만 할 일은 아니다. 부귀에 취하고, 빈천에 짓눌려 황폐해진 삶은 보기에 민망하다. 부족해도 부자로 사는 방법이 있다. 세간의 지극한 즐거움[世間至樂]은 마음으로 누리는 것이지 재물로는 안 된다. 작위함을 버려야 내면에 고요가 깃든다. 어디서 세간의 지락을 누려볼까? 세상이 너무 시끄러워 자꾸 마음자리를 돌아보게 된다.

생사요법

省事要法

일을 줄이는 방법

해도 해도 일은 끝없고, 가도 가도 길은 멀다. 속도만 숨 가쁘지, 손에 쥐어지는 것이 없다. 불안해서 더 하고, 그럴수록 더 불안하다. 한 가지 일을 마치면 다른 일이 줄지어 밀려온다. 일생에 편할 날은 없을 것만 같다. 산적한 일 앞에 비명만 질러대느니, 일을 덜어 마음의 평화를 구하는 처방이 절실하다.

홍길주가 《수여연필睡餘演筆》에서 말했다.

> 일 중에 오늘 해도 되고 열흘 뒤에 해도 되는 것이 있다면 오늘 즉시 해치운다. 오늘 해도 괜찮고 일 년이나 반년 뒤에 해도 괜찮은 것이라면 한쪽으로 치워둔다. 이것이 일을 더는 중요한 방법[省事要法]이다.
>
> 事有今日做亦可, 旬日後做亦可者, 便於今日做了. 其有今日

做亦可, 一年半年後做亦可者, 便擱過一邊. 此省事之要法.

욕심 사납게 다 붙들지 말고, 먼저 할 것과 나중 할 것의 교통정리만 잘해도 일이 확 준다. 꽉 막혀 답답하면 일의 우선순위부터 점검하라는 얘기다.

율곡 이이가 궁리窮理 공부에 대해 묻자 퇴계 이황이 편지로 건넨 처방은 이렇다.

궁리에는 단서가 많습니다. 궁리하는 일이 혹 얽히고설켜 단단히 뭉쳐 있어 애쓴다고 방법을 찾을 수 있는 것이 아니거나, 내가 그 문제에 대해 잘 알지 못해 억지로 밝혀 해결하기 어렵다고 칩시다. 그러면 마땅히 이 일을 버려두고 따로 다른 일을 궁리하는 데로 나아가야 합니다. 이렇게 궁리해서 오래 누적되어 아주 익숙해지면 저절로 마음이 밝아져서 의리의 실지가 점차 눈앞에 드러나게 됩니다. 그때 다시 앞서 궁리하다 만 것을 가져다가 꼼꼼하게 따져 살펴 이미 알게 된 내용과 견주어 징험해보고 비추어본다면 자기도 모르는 사이에 앞서 처리하지 못했던 것까지 일시에 깨닫게 됩니다. 이것이 바로 궁리의 활법입니다.

窮理多端, 所窮之事, 或值盤錯肯綮, 非力索可通, 或吾性偶暗於此, 強以燭破, 且當置此一事, 別就他事上窮得. 如是窮來窮去, 積累深熟, 自然心地漸明, 義理之實, 漸著目前. 時復拈起向之窮不得底, 細意紬繹, 與已窮得底道理, 參驗照勘, 不知不覺地, 竝前未窮底, 一時相發悟解. 是乃窮理之活法.

너무 복잡하게 얽힌 문제나 내 능력 밖의 일은 일단 밀쳐두고, 역량이 미치는 다른 일부터 시작한다. 그렇게 할 수 있는 일을 조금씩 쌓아가다 보면 어느 순간 식견이 열려 앞서 난감하던 문제도 해결의 실마리가 잡힌다. 안 되는 것을 억지로 하려 들면 답답한 기운이 쌓여 스트레스가 되고 마음이 병든다. 노력을 게을리하지 않되, 일의 경중과 선후를 잘 분별하는 것이 관건이다. 속도는 중요치 않다. 방향이 늘 문제다.

생사사생

省事事省

일 만들기와 일 줄이기

홍석주洪奭周(1774~1842)는 동시다발로 여러 권의 책을 읽었다. 빡빡한 일정 속에 다양한 독서를 배치해 조금씩 야금야금 읽었다. 아침에 머리 빗을 때 읽는 책과 안채 자리 곁에 두는 책이 달랐다. 머리맡에 두고 잠자기 전에 읽을 책은 또 달랐다. 진도는 더뎠지만 잊어버리고 읽다 보면 어느새 마지막 장을 덮게 되곤 했다.

이 같은 독서 습관은 공직에 나가 정신없이 바쁠 때도 한결같았다. 그때는 주로 《한서》를 읽었다. 임금과 신하 사이에 일어난 일들에 대한 기록이어서 생각해볼 거리가 많았다. 공무에 지쳐 귀가한 후에도 반드시 몇 줄이라도 읽고서야 잠자리에 들었다.

너무 피곤하면 눈을 감고 전에 읽은 글을 암송했다. 외우다 잠이 들곤 했는데 입은 그대로 글을 외우고 있었고 글자도 틀리지 않았다. 그는 또 날마다 일과를 정해 읽었다. 그가 말했다. "일과는 하나라도 빠뜨리면 안 된다. 사정이 있다고 거르면 일이 없을 때도 게을러진다.[課不可闕一, 以故而廢, 則無故時亦怠矣.]"

또 말했다.

> 한 권의 책을 다 읽을 만큼 길게 한가한 때를 기다린 뒤에야 책을 편다면 평생 가도 책을 읽을 만한 날은 없다. 비록 아주 바쁜 중에도 한 글자를 읽을 만한 틈이 생기면 한 글자라도 읽는 것이 옳다.
>
> 必欲待長久之暇, 可了一部書然後, 開卷則平生無可讀書之日. 雖於劇奔忙中, 有可讀一字暇, 便宜讀一字.

아우 홍길주가 쓴《수여연필》에 나온다.

이삼환李森煥(1729~1814)이 종조부인 성호 이익 선생을 찾아뵙자 선생이 물었다. "무슨 책을 읽느냐?" "《상서尙書》를 읽는데 개인적으로 번다한 일에 휘둘려 온전히 집중하지 못하고 있습니다."

선생이 말했다.

> 몸이 한가해서 일이 없을 때를 기다려 독서한다면 죽을 때까지 독서할 여가는 없다. 일을 만들면 일이 생기고[生事事生], 일을 줄이면 일이 주는 법[省事事省]이다. 유념하도록 해라.
>
> 待身閑無事時讀書, 則終身無讀書之暇. 生事事生, 省事事省, 小子念之哉.

이삼환이 정리한《성호선생언행록星湖先生言行錄》에 보인다. 너무 바빠 시간이 없어 책을 못 읽는다는 것처럼 슬픈 말이 없다. 마음이 일을 만든다. 쓸데없는 일은 끊임없이 궁리해내면서 나를 반듯하게 세워줄 책은 멀리하니 마음 밭이 날로 황폐해진다. 오가는 지하철에서만 책을 읽어도 삶이 문득 바뀐다. 휴대전화를 잠깐 내려놓는다고 낙오되는 법이 없다. 휴대전화 내려놓기가 아무래도 불안하다면 그것으로 전자책이라도 읽는다면 얼마나 좋을까?

요생행면

僥生倖免

삶은 요행의 연속

박제가의 처남 이몽직李夢直은 충무공 이순신의 후예였다. 하루는 남산에 활을 쏘러 갔다가 잘못 날아든 화살에 맞아 절명했다. 박지원은 〈이몽직을 애도하는 글李夢直哀辭〉에서 "대저 사람이 하루를 살아간다는 것은 요행이라고 말할 수 있다.[夫人一日之生, 可謂倖矣.]"고 썼다.

한 관상쟁이가 어느 여자에게 말했다. "당신은 쇠뿔에 받혀 죽을 상이오. 외양간 근처도 가지 마시오." 그 뒤 여자가 방안에서 귀이개로 귀지를 파고 있는데 갑자기 밖에서 방문을 확 밀치는 통에 귀이개가 귀를 찔러 죽었다. 살펴보니 귀이개가 쇠뿔을 깎아 만든 것이었다. 같은 글에 나온다. 해괴하고 알 수 없는 일들이 아침저녁으로 일어난다. 세상 사는 일이 내 의지가 아니다. 내게 그런 일이 일어나지 말란 보장이 없다.

박지원은 또 〈이존당기以存堂記〉에서 술로 인한 잦은 말실수로 비방이 높아지자 방에 들어가 나오지 않겠다고 선언한 장중거張仲擧란 인물의 일화를 소개하며 이렇게 썼다. "사해가 저처럼 크다 해도 뭇사람의 입장에서 보면 거의 발 들일 데조차 없다. 하루 중에도 그 보고 듣고 말하고 행동하는 것을 증험해보니 요행으로 살고 요행으로 면하지[僥生倖免] 않음이 없다." 방에 틀어박혀 있다고 쇠뿔의 횡액을 면할 수는 없다는 얘기다.

그렇다면 어찌할까? 계속 요행수만 바라며 살 수도 없고, 삼가고 조심한다고 될 문제도 아니다. 이규보의 〈이불 속에서 웃다衾中笑〉 여섯 수 연작은 밤중에 이불 속에서 세상의 웃을 만한 일들을 떠올리며 혼자 낄낄댄 사연이다. 그중 네 번째는 이렇다.

> 웃는 중에 네 번째는 바로 내 자신이니
> 세상살이 잘못 없음 요행일 뿐이라네.
> 곧고 모나 모자란 것 모르는 이 없건만
> 원만해서 이 자리에 올랐다고 말하누나.
> 笑中第四是予身　涉世無差僥倖耳
> 直方迂闊人皆知　自謂能圓登此位

세상이 험해 요행 아닌 것이 없지만, 어찌하겠는가? 밖에서 오는 환난이야 어찌해볼 도리가 없으니, 그래도 우직하게 내 마음자리를 돌아보며 뚜벅뚜벅 걸어갈밖에.

정좌식심

靜坐息心

고요히 앉아 마음을 내려놓다

주자朱子의 '반일정좌半日靜坐 반일독서半日讀書'란 말을 사랑한다. 하루의 절반은 고요히 앉아 내면을 기르고, 나머지 반은 책을 읽는 데 쓴다. 그에게도 이것은 꿈이었을 것이다. 전화벨은 쉴 새 없이 울리고 회의는 끝도 없다. 한 사람을 겨우 보내자 다른 사람이 찾아온다. 이런 나날 속에 내면은 황량하고 피폐해져서 꿈조차 어지럽다.

명나라 탕빈윤湯賓尹의 《독서보》를 읽다가 원황袁黃(1533~1606)이 쓴 〈정좌공부靜坐工夫〉란 항목에 절로 눈길이 가서 멎는다.

> 정좌靜坐를 하려면 먼저 식심息心, 즉 마음을 차분히 가라앉혀야 한다. 일상 속에서 그때그때 연습해서 참기 어려운 것을 참아내고 버리기 힘든 것을 버린다. 한 가지를 참아내니 딱 그만큼의 수용受用이 생겨나고, 한 가지를 덜어내자 그것만큼 편하

고 즐거워진다. 오래 익혀서 정좌공부가 점차 익숙해지면 저절로 접촉하는 곳마다 유익함이 있다. 하루 중에 틈이 나면 마음이 끌리는 대로 한두 시간 정좌한다. 이를 두고 기식氣息을 조화롭게 해서 몸과 마음을 내려놓는다고 말한다.

凡欲靜坐, 須先息心. 日常隨事鍊習, 難忍處須忍, 難捨處須捨. 忍得一分, 便有一分受用, 捨得一分, 便有一分安樂. 習之久久, 工夫漸熟, 自然觸處有益. 日間有暇, 隨意靜坐一二時, 謂和氣息放下身心.

정좌라 해서 그저 맹탕으로 앉아 있는 것이 아니다. 눈을 감으면 마음이 깨어난다. 잠잠하던 생각이 성성하게 살아난다. 적막 속에 각성이 찾아든다. 둘 사이의 긴장이 팽팽하다. 정좌는 사람을 자칫 몽롱하고 멍한 상태로 빠지게 만든다. 그때마다 점검이 필요하다. 그의 말이 이어진다.

각성[惺]이 고요[寂]와 함께하고, 고요가 각성과 따로 놀지 않아야 한다. 각성 없는 고요를 완공頑空이라 하고, 고요를 벗어난 각성은 광혜狂慧라 한다. 대응법을 말하자면 이렇다. 마음이 산란할 때는 고요함으로 다스리고, 몽롱하고 멍할 때는 각성으로 추스른다.

惺不離寂, 寂不離惺. 離惺而寂, 是謂頑空, 離寂而惺, 是謂狂慧. 但論對治之法, 散亂時須以寂治之, 昏沉時須以惺治之.

완공은 깨달음 없이 멍한 것을, 광혜는 분별을 잃어 독선에 빠진 상태를 가리킨다. 가만히 그저 앉아 있는 것이 정좌가 아니다. 훈련과 연습이 없으면 마음은 통제 불능 상태가 되어 원숭이나 미친 말처럼 날뛴다.

회근보춘

晦根葆春

뿌리에 감춰 봄을 피운다

1675년 7월, 월출산 자락의 영암 구림 땅에 유배된 김수항金壽恒(1629~1689)은 〈화도시和陶詩〉 연작 50수를 지으며 안타까운 시간을 추슬렀다. 처음 공주를 지날 때만 해도

어이 그릇 육신의 부림을 받아
괴로이 티끌 그물 걸려들었나.
그래서 세상 이치 통달한 이는
처세에 이름 없음 높이 보았지.
胡爲誤形役　苦被塵網縈
所以曠達人　處世貴無名

라며 나락에 떨어진 처지를 한탄했다.

겨울 들어 마음이 안정되자 시상도 차분해졌다. 〈동운同雲〉 네 장을 지었다. 동운은 폭설이 내리기 전 하늘에 자욱하게 낀 먹구름을 가리키는 말이다. 큰 눈을 몰고 올 먹구름이 들판 너머 가득하다. 차고 매운 추위가 몰려오고 있다. 제4장만 읽어본다.

> 회오리바람 세차
> 잎은 가지 떠나간다.
> 뿌리에 감춰 지녀
> 내 화창한 봄 꾀워내리.
> 잃어도 줄지 않고
> 얻은들 늘지 않네.
> 자리 지켜 행하니
> 나를 어이하겠는가?
> 飄風發發 有蘀辭柯
> 晦之在根 葆我春和
> 喪不爲少 得不爲多
> 素位而行 其如余何

매서운 북풍한설에 무성하던 잎이 다 떨어졌다. 이제 내 곁엔 아무도 없다. 빈 가지로 섰다. 하지만 꺾이지 않는다. 마지막 남은 온기는 뿌리 깊숙이 간직해두겠다. 모진 추위의 끝에서 봄은 다시 올 것이다. 그때 봄 앞에 부끄럽지 않기 위해 이 간난의 때를 의연히 견디겠다.

얻고 잃음에 대한 세상의 셈법은 이제 지겹다. 잃어도 얻었고, 얻었지만 잃었다. 일희일비하지 않는다. 내 자리에 뿌리박고 서서 내 길을 갈 뿐이다. 눈보라도 고통의 시간도 하나 두렵지 않다. 다만 내가 내 자신 앞에 부끄러운 것만은 참을 수가 없다.

세 번째 구는 출전이 있다. 송나라 때 주자의 스승이었던 유자휘劉子翬가 〈주희에게 자를 지어주며 써준 축사字朱熹祝詞〉에서 썼다.

> 나무는 뿌리에 간직해서
> 봄에 무성히 피어나고,
> 사람은 몸에 간직하여
> 정신이 그 안에서 살찐다.
> 木晦於根 春容燁敷
> 人晦於身 神明內腴

마지막 두 구절은 《중용中庸》에서 끌어 썼다. "군자는 제자리를 지켜 행할 뿐, 그 바깥은 원하지 않는다.[君子素其位而行, 不願乎其外.]" 환난에 처한 군자의 마음가짐을 잘 표현했다. 사람은 역경과 시련 속에서 그 그릇이 온전히 드러난다.

과숙체락

瓜熟蒂落

외가 익으면 꼭지가 떨어진다

조귀명趙龜命(1693~1737)의 《동계집東谿集》에 〈정체靜諦〉란 글이 있다. 고요한 침묵 속에서 길어 올린 깨달음의 단상을 포착했다. 그중 〈정좌靜坐〉의 몇 구절을 읽어본다.

> 고요히 앉아 내면을 응시하면 마음에서 환한 빛이 나와 마치 유리처럼 투명하게 비쳐 잡념이 생겨나지 않는다. 비록 다른 소리가 귀를 스쳐가도 아예 들리지 않는다.
>
> 靜坐內視, 心體光明, 如琉璃映徹, 雜念不生. 雖過耳聲音, 了無將迎.

> 묵묵히 앉아 향을 사를 때 창 밖에서 새소리가 들리면 또한 절로 마음이 기쁘다.

默坐燒香, 聞窓外禽聲, 亦自怡悅.

앞일을 알기란 어렵지 않다. 마음이 고요하면 앞일을 알 수 있다. 보통 사람은 잠잘 때만 마음이 잠깐 고요해져서 꿈속에서 앞일을 알게 되는데, 하물며 늘 고요한 사람이겠는가?

前知匪難, 心靜斯前知矣. 衆人寐時, 心乍靜, 夢猶前知, 況常靜者乎?

하루하루가 분답하기 짝이 없다. 약속을 해놓고도 날짜를 놓치기 일쑤요, 해야 할 일도 맥을 놓고 떠내려간다. 고요와 적막의 시간이 없는 탓이다.

다시 다음 한 구절에 가서 눈길이 멎는다.

물이 지면 도랑을 이루고, 외가 익으면 꼭지가 떨어진다. 이 두 마디 말로 계교하는 마음을 고칠 수가 있다.

水到渠成, 瓜熟蒂落, 兩語可醫計較心.

물이 자주 흘러 땅이 패자 봇도랑을 이룬다. 외는 익으면 꼭지가 똑 떨어진다. 시기가 무르익고 조건이 갖춰지면 굳이 작위해서 애쓸 것이 없다. 절로 이루어진다. 때가 아닌데 억지로 하려 드니 이룰 수도 없고 인생이 덩달아 피곤해진다.

다음 글은 스케일이 참 크다.

개벽하고 오랜 세월이 흐르면 높은 것은 무너지고 낮은 것은 메워진다. 무너지면 흙이 깎여 바위가 드러나고, 메워지면 길이 평평해진다. 아득한 후세에는 산은 더욱 기이해지고 다니는 길은 더욱 편리해질 것이다.

開闢久, 高者崩, 卑者塡. 崩則土削而石露, 塡則道塗平. 後千萬世, 山益奇, 行路益利.

흙을 다 털어내고 바위만 남은 산은 더욱 기이해지고, 무너진 흙으로 메워진 길은 점점 평탄해진다. 모든 일에는 시간이 필요하다. 억지로 안 된다. 빈틈을 고요로 채워야 길이 명료하게 보인다. 군더더기를 덜어낸 산이 그제야 우뚝한 것처럼.

등고자비

登高自卑

높이 오르려면 낮은 데서부터

새 학기가 시작되면 졸업생이 떠나 허전하던 교정이 신입생의 풋풋한 생기로 가득하다. 호기심과 기대에 찬 눈빛들이 초롱초롱하다. 작은 꿈을 키워 큰 소망을 일구려면 차근차근 한발 한발 내딛는 꾸준한 노력과 실패를 두려워 않는 용기가 필요하다. 해방감에 들떠 우왕좌왕하다가는 자칫 다산 선생이 〈자소自笑〉에서 노래했듯 다음의 형국이 되기 쉽다.

> 답답하고 고달프게 스무 해를 지내다가
> 꿈속에 조금 얻어 깨고 보니 간데없네.
> 圄圄纍纍二十秋 夢中微獲覺來收

공부는 끝난 것이 아니라 이제부터 겨우 시작인 것이다.

주자가 말했다.

> 사람들은 흔히 높은 곳에 이르려 한다. 하지만 낮은 데로부터 시작할 줄은 모른다.
>
> 人多要至高處, 不知自底處.

누구나 최고의 자리에 오르고는 싶어 하면서, 막상 가장 낮은 데서부터 차근차근 밟아서 올라갈 생각은 하지 않는다는 얘기다.《중용》에서는 "먼 길을 가는 것은 가까운 데로부터 비롯되고, 높은 곳에 오르는 것은 낮은 데로부터 출발한다.[行遠自邇, 登高自卑.]"고 했다. 2009년 안중근 의사 순국 100주년을 기념해 열린 예술의전당 기념전에서 안 의사가 친필로 쓴 이 구절을 본 기억이 새롭다.

박영朴英(1471~1540)은《대학大學》의 뜻을 풀이하면서 이렇게 말했다.

> 얕은 데로 말미암아 깊은 데에 이르고, 성근 데서 출발해 촘촘하게 된다. 작은 것부터 시작해 큰 것에 도달하고, 거친 데서 나아가 정밀함에 다다른다. 한 걸음 더 나아가야 한 등급 더 올라간다.
>
> 由淺而至深, 由疏而至密, 由小而至大, 由粗而至精, 進一步則升一級.

작은 성취에 만족해 몸을 함부로 굴리면 뜻만 거칠어져 거둘 보람이 없다.

다산의 시 한 수 더. 제목은 〈우래憂來〉다.

태양은 빠르기 새가 나는 듯
탄환도 따라갈 수가 없다네.
붙들어 멈추게 할 방법이 없어
생각자니 내 속만 구슬프구나.
太陽疾飛霍 銃丸不能追
無緣得攀駐 念此腸內悲

시간은 쏜살같이 흐른다. 보석 같은 시간은 손에 쥔 모래처럼 스르르 빠져나간다. 도취의 꿈을 깨어 정상을 향해 가는 신발 끈을 고쳐 매야 할 때다. 부족함의 자각에서 공부가 시작된다.

작정산밀

斫正刪密

병신 매화의 집

고전명문감상 수업 시간에 청나라 공자진龔自珍(1792~1841)의 〈병매관기病梅館記〉를 함께 읽었다. 그가 쓴 병든 매화의 집에 얽힌 사연은 이렇다.

장사꾼들이 파는 분매盆梅를 보니 하나같이 온전한 것이 없었다. 글 속에서 혹자의 입을 빈 설명은 이렇다.

> 매화는 굽어야 어여쁘지, 곧으면 맵시가 없다. 비스듬히 굽어야 볼 만하지, 바르면 볼 것이 없다. 성글어야 고우니 빽빽하면 태가 안 난다.
>
> 梅以曲爲美, 直則無姿. 以欹爲美, 正則無景. 梅以疏爲美, 密則無態.

문인화사文人畵士 들은 자신들의 이 같은 취향을 돈벌이를 원하는 화훼업자들에게 슬며시 뚱겨주어 "바른 둥치를 찍어 곁가지를 기르고, 촘촘한 것을 솎아내 어린 가지를 죽이며, 곧은 것을 쳐내서 생기를 막아버려 비싼 값을 구한다. 그 결과 강소성과 절강성의 매화가 모두 병들고 말았다.[斫其正, 養其旁條; 刪其密, 夭其稚枝; 鋤其直, 遏其生氣, 以求重價, 而江浙之梅皆病.]"

멀쩡하게 중심을 잘 잡아 뻗어 오르던 둥치를 도끼로 찍어내서 곁가지를 틔우고, 제 성질에 따라 촘촘히 돋는 잔가지는 솎아내 듬성듬성 남긴다. 곧게 쭉 내지르는 가지는 끈으로 동여매서 휘게 만든다. 건강한 매화나무를 이렇게 병신으로 만들어놓고 그제야 운치가 있네, 값이 얼마네 하면서 흐뭇해한다는 것이다.

병든 매화를 300분이나 구입한 공자진은 먼저 화분을 깨고 매화를 땅에 묻어준 뒤, 칭칭 동여맨 결박을 시원스레 풀어주었다. 내가 너희를 모두 온전하게 치료해주마. 든든한 중심도 다시 세우고, 뻗고 싶은 팔도 쭉쭉 뻗고, 여기저기 돋는 잔가지도 생긴 대로 키워보렴.

전체 글의 강독을 마치고 잠깐 딴전을 부리다가 내가 말했다. "글 속의 병든 매화는 바로 너희다. 어려서부터 이것도 안 돼 저것도 안 돼, 이렇게 하면 좋은 점수 못 받고 저렇게 하면 좋은 대학 못 가 하면서 이리 꺾이고 저리 비틀리는 동안 본성을 다 잃고 말았다. 어느새 저도 그걸 맵시로 알아 칭찬받을 짓만 하고 취업에 필요한 스펙 쌓느라 바쁘지. 내가 누군지 어디로 가는지도 모른 채 말이야."

한운불우

閑雲不雨

노는 구름은 비를 내리지 못한다

책상 속 낡은 물건을 정리하는데 해묵은 글씨 하나가 나온다. '한운불우閑雲不雨'란 네 글자가 적혀 있다. 빈 하늘을 떠도는 한가로운 구름은 결코 비를 뿌리지 못한다. 구름은 비가 되어 내려와 지상의 사물 위에 생명을 불어넣을 때 그 소임을 마친다. 게을리 놀기만 하면 보람을 거둘 날이 없다는 뜻일까? 구름이 비가 되어 내리려면 왕성한 기운이 한데 모여 걷잡을 수 없이 흘러넘쳐야 한다. 쉬엄쉬엄 느릿느릿 배를 깔고 떠가는 구름은 보기에는 여유로워도 산 중턱에서 이리저리 흩어지고 만다.

송나라 육유陸游(1125~1210)의 〈버드나무 다리의 저녁 풍경柳橋晩眺〉이란 시에 이 구절이 나온다. 시는 이렇다.

작은 물가 고기 뛰는 소리 들리고

누운 숲서 학 오기를 기다리노라.
한가한 구름은 비가 못 되어
푸른 산 주변서 흩날리누나.
小浦聞魚躍　橫林待鶴歸
閑雲不成雨　故傍碧山飛

버드나무를 배경에 세운 다리 위에서 저물녘의 풍경을 바라보며 쓴 시다. 해가 뉘엿해 고즈넉한데 이따금 고기가 물 위로 뛰어오른다. 길게 누운 숲의 실루엣에 눈길을 주려니 비를 만들지 못한 심심한 구름이 산허리를 기웃대다 제풀에 흩어진다.

시인은 비를 못 만든 채 흩어지고 마는 구름에다 자신의 신세를 투영했다. 젊어 장한 뜻을 품었으되 이룬 것 없는 빈손뿐이다. 피어나던 꿈, 솟구치던 기상은 어디 갔나. 특별히 안타깝기보다는 약간의 아쉬움을 머금은 관조觀照에 가깝다.

기대승奇大升(1527~1572)은 노진盧禛을 전송하며 지어준 〈하늘가 구름天際雲〉이란 시의 첫머리에서 이렇게 노래한다.

유유히 하늘가로 떠가는 구름
바라고 또 바라도 비는 못 되네.
좋은 시절 덧없이 멀리 떠나고
이별 앞에 마음만 더욱 괴롭다.
悠悠天際雲　望望不成雨

良辰忽已邁 離別意更苦

벗을 떠나보내는 허전함을 노래했다. 하늘가의 구름은 멀리 지방관으로 내려가는 벗이고, 비가 되기를 바랐다는 것은 그가 중앙에 쓰임을 받아 그 은택이 백성에게까지 미치기를 소망했다는 의미다.

청춘의 꿈은 거침없이 피어나는 구름이다. 우레를 품고 큰 비가 되어 대지를 적신다. 노년의 꿈은 새털구름이다. 석양빛에 곱게 물들다 욕심 없이 스러진다.

소심방담

小心放膽

대담한 가설에 꼼꼼한 논증

몇 해 전 타이완 중앙연구원의 후쓰胡適기념관을 찾았다. 그곳 기념품점에서 후쓰의 친필 엽서를 몇 장 구입했다. 그중 한 장은 그 뒤 내 책장 앞쪽에 줄곧 세워져 있다.

> 대담한 가설, 꼼꼼한 구증
>
> 大膽的假設, 小心的求證.

'假說'이라 하지 않고 '假設'이라 쓴 것이 인상적이다. 학술적 글쓰기의 핵심을 관통했다.

공부는 '假設', 즉 허구적 설정에 바탕을 둔 '假說'에서 출발한다. 혹 이런 것은 아닐까? 이렇게 볼 수는 없나? 그런데 그 가설이 대담해야 한다. 모험적이다 못해 다소 위험해 보여도 가설은 가설이니까

상식에 안주하면 안 된다. 새로운 가설에서 새로운 관점, 나만의 시선이 나온다. 보던 대로 보고 가던 길로 가서는 늘 보던 풍경뿐이다. 볼 것을 못 보면 못 볼 것만 보고 만다.

그런데 이보다 중요한 것이 소심한 구증이다. 소심하다는 말은 꼼꼼하고 조심스럽다는 뜻이다. 가설은 통 크게 대담해야 하지만, 참으로 세밀한 논증이 뒷받침되지 않으면 내가 본 것을 입증할 길이 없다. 소심한 구증 없는 대담한 가설은 황당한 소리가 되고 만다.

명나라 구곤호瞿昆湖가 쓴 〈작문요결作文要訣〉을 보니 이런 대목이 있다.

> 글쓰기의 방법은 다만 소심小心과 방담放膽이란 두 가지 실마리에 달려 있다. 이때 소심은 꼭 붙들어놓지 않는 것이 아니다. 만약 아등바등 붙드는 것이라면 솔개가 날고 물고기가 뛰는 활발한 의사를 얻는 데 방해가 된다. 방담은 제멋대로 함부로 구는 것이 아니다. 만약 멋대로 아무렇게나 하는 것이라면 절도가 없고 방탕해서 못하는 짓이 없게 된다. 본 것이 광대한 뒤라야 능히 세세한 데로 들어갈 수가 있다. 소심은 방담한 곳을 통해 수습되고, 방담은 소심한 곳을 통해 확충된다. 선배의 글은 대충 보면 우주를 포괄한 듯 드넓어도 찬찬히 점검해보면 글자마다 하나도 어김없이 꼭 맞아 떨어진다.
>
> 作文之法, 只有小心放膽二端. 小心非矜持把捉之謂也. 若以爲矜持把捉, 則便與鳶飛魚躍, 意思相妨矣. 放膽非任情恣肆

之謂也. 若以爲任情恣肆, 則踰閑蕩檢, 無所不至矣. 所見廣大而後, 能入細也, 小心只從放膽處收拾, 放膽只從小心處擴充. 前輩文字, 縱觀之, 則包籠宇宙, 細檢之, 則字字對針.

시원스런 생각을 꼼꼼한 논증을 통해 입증하려면 소심방담해야 한다. 꼼꼼함 없이 통만 커도 안 되고, 따지기만 할 뿐 큰 시야가 없어도 못 쓴다.

용서성학

傭書成學

베껴 쓰기 품을 팔아 세운 금자탑

이덕무가 이서구李書九(1754~1825)에게 쓴 편지에 이런 내용이 나온다.

> 옛날에 용서傭書로 책을 읽은 사람이 있다길래 내가 너무 부지런하다고 비웃은 적이 있었소. 이제 갑자기 내가 그 꼴이라 거의 눈이 침침하고 손에 굳은살이 박일 지경이구려. 아! 사람이 진실로 스스로를 요량하지 못하는 법이오.
>
> 古有傭書而仍讀之者. 僕嘗笑其太劬. 今忽自蹈, 幾至眼眵手胝, 嗟乎人固不自量也.

이때 '용서傭書'는 책을 빌려 읽는 것이 아니라 돈을 받고 남을 위해 책을 베껴 써주는 것을 말한다. 용傭은 품팔이의 뜻이다. 이덕무가 이

서구에게 보낸 다른 편지에서 "그대가 내게 장서藏書를 맡겨 베껴 쓰고 교정 보고 평점까지 맡기려 한다는 말을 듣고 기뻐서 잠을 이루지 못하였소."라고 쓴 것을 보면 그가 젊은 시절 용서 아르바이트로 생계를 꾸려나갔던 딱한 형편이 짐작된다. 이런 내용도 있다.

> 새해인데 사람은 점점 묵어지니 군자는 마땅히 명덕明德에 힘써야 할 것이오. 창문의 해가 따스해 벼루의 얼음이 녹으니[窗日暄而硏氷釋] 예전 일과를 되찾고자 하오. 《전당시全唐詩》를 차례대로 보내주면 좋겠소.
>
> 歲新人漸舊, 君子宜崇明德. 窗日暄而硏氷釋, 欲尋舊課. 全唐詩替送爲妙.

글씨 쓸 거리를 달라는 얘기다. 벼루에 얼음 녹는 소리가 눈물겹다.

이덕무의 손자 이규경李圭景은 《오주연문장전산고五洲衍文長箋散稿》 중 〈초서변증설鈔書辨證說〉에서 이렇게 썼다.

> 내 할아버지 되시는 청장공靑莊公(이덕무의 호)께서는 직접 몇천 권의 책을 베껴 쓰셨다. 파리 대가리만 한 가느다란 해서로 육서六書의 서법에 따라 써서 한 글자도 속된 모양새가 없었다. 정조 임금 시절 왕명을 받들어 책을 편집할 때 내부內府에 남은 조부의 필적 또한 100여 책 분량이 더 될 것 같다. 우리나라에서 책을 베껴 쓰기 시작한 이래로 이처럼 대단한 예는 없었다.

恭惟我王考青莊公, 手抄書幾千餘卷. 竝蠅頭細楷, 書法六書, 故一無俚俗字樣. 其他雜抄成軸者, 又爲屢十圍. 若以卷數計之, 不下爲百許卷. 殆古今所罕有也.

갑자기 규장각 책장 어딘가에 끼어 있을 이덕무가 베껴 쓴 책이 궁금해진다.

용서 도중 자신을 위해 한 부씩 더 옮겨 적어가며 이덕무는 공부를 했다. 겨울엔 동상으로 열 손가락 끝이 밤톨 만하게 부어올라서도 벼루의 얼음을 호호 녹여가며 계속 베껴 썼다. 용서성학傭書成學! 그는 베껴 쓰기로 학문을 이루어 남이 넘보지 못할 우뚝한 금자탑을 세웠다. 자꾸 투덜거리지 말아야지.

서소묵장

書巢墨莊

독서광의 집 이름

송나라 때 육유가 자신의 서재를 서소書巢, 즉 책 둥지로 불렀다. 어떤 손님이 와서 물었다. "아니 멀쩡한 집에 살면서 둥지라니 웬 말입니까?" 육유가 대답했다. "당신이 내 방에 들어와 보지 못해서 그럴게요. 내 방에는 책들이 책궤에 담겼거나 눈앞에 쌓였고, 또 책상 위에 가득 얹혀 있어 온통 책뿐이라오. 내가 일상의 기거는 물론, 아파 신음하거나 근심과 한탄 속에서도 책과는 떨어져본 적이 없소. 손님도 안 오고 처자는 아예 얼씬도 않지. 바깥에서 천둥 번개가 쳐도 모른다오. 간혹 일어나려면 어지러이 쌓인 책이 에워싸고 있어서 움직일 수가 없소. 그러니 서소라 할밖에. 내 직접 보여드리리다." 손님을 끌고 서소로 가니 처음엔 들어갈 수가 없었고, 들어간 뒤에는 나올 수가 없었다. 손님이 껄껄 웃고는 "책 둥지가 맞소."라며 수긍했다. 육유의 〈서소기書巢記〉에 보인다.

오대五代의 맹경익孟景翌은 일생 책만 읽었다. 문을 나설 때는 책 실은 수레를 따라오게 하면서 종일 손에서 책을 놓지 않았다. 당시 사람들이 그의 서재를 서굴書窟, 즉 책 동굴이라고 말했다. 노나라 사람 조평曹平도 집에 책이 많았는데, 없어질까 걱정해 돌을 쌓아 창고를 만들어서 책을 보관했다. 세상에서 이를 조씨의 서창書倉, 곧 책 창고라고 불렀다.

송나라 때 유식劉式이 세상을 뜨자 그 아내가 남편이 읽던 책 1천여 권을 한자리에 모아놓고 아들들에게 말했다. "이것을 네 아버지는 묵장墨莊이라고 했다. 이제 너희에게 배움을 증식시키는 도구로 준다." 묵장은 먹 글씨로 이루어진 집이란 의미다. 서책은 그 자체로 한 채의 집이다. 청나라 때 이정원李鼎元과 호승공胡承珙 등도 여기서 뜻을 취해 자신의 호를 묵장이라 했다.

서재가 새 둥지나 짐승의 굴 같대서 서소와 서굴이다. 책 창고와 먹물로 지었대서 서창과 묵장이다. 책 속에 묻혀 그들은 부지런히 읽고 또 읽어 큰 학자가 되었다. 남들 하는 걱정 다하고, 남 놀 때 놀면서 이룰 수 있는 큰일은 어디에도 없다. 공부는 단순 무식해야 한다. 문밖의 천둥 번개 소리가 들리지 않아야 한다.

독서일월

讀書日月

일생에 책 읽을 날은 너무도 짧다

다산은 강진 동문 밖 주막집 뒷방에 서당을 차려 생도를 받아 가르치면서 아동 교육에 대한 글을 여럿 남겼다. 문집에 실린 것 외에 〈교치설敎穉說〉 같은 친필이 전한다. 최근 강진 양광식 선생이 펴낸《귤동은 다산 은인》이란 책자에서 또 〈격몽정지擊蒙正旨〉란 다산의 새로운 글 한 편을 보았다. 말 그대로 어린이의 몽매함을 일깨우는 바른 지침이다. 글 가운데 독서일월讀書日月, 즉 독서할 수 있는 시간에 대해 언급한 대목이 특별히 인상적이었다.

> 인생에 독서할 수 있는 시간은 모두 해야 5년에 그친다. 11세 이전에는 아직 멋도 모르고, 17세 이후로는 음양과 즐기고 좋아하는 물건 등 여러 가지 기호와 욕망이 생겨나 책을 읽어도 그다지 깊은 유익함이 없다. 그 중간의 5년이 독서할 수 있는

좋은 기간이다. 하지만 한여름은 책 읽기가 마땅치 않고, 봄가을은 좋은 날이 많아 즐기고 노는 것을 온전히 금하기 어렵다. 하물며 병으로 아프거나 초상이 나서 방문해야 할 일이라도 생기면 합쳐봤자 1년에 100일 정도 읽는 것도 다행일 것이다. 이 500일이 사람에게는 지극히 보배로운 시기다. 이 500일의 시간을 어찌 아끼지 않겠는가? 사람이 12세가 되면 총명과 지혜가 마구 솟아나 마치 여린 죽순이 새로 돋는 것 같으니, 이것이 16세까지 간다.

人生讀書日月, 摠止五季. 十一以前, 槪皆蒙騃, 十七以後, 則有陰陽玩好諸嗜慾, 讀書不能有深益. 惟中間五年, 爲讀書正期. 然盛夏不宜咿唔, 春秋多佳日, 戲遊不可全禁. 況有疾病喪故相訪, 摠計一季, 得百日讀書亦幸耶. 是五百日字, 吾人之寶, 箇箇五百日光陰, 豈不惜哉. 人生十二歲, 聰慧勃發, 如嫩筍新擢, 以至十六.

인지 발달 과정에서 12세에서 16세까지의 5년 동안 얼마나 순도 높게 독서하느냐가 인생의 성패를 가르는 관건이 된다고 말했다. 지금으로 치면 초등학교 5학년에서 중학교 3학년까지의 기간이다. 이때 익힌 공부의 습관이 그 사람의 평생을 좌우한다. 특별히 공부에 대한 자각이 없는 아이 때는 말할 것도 없고, 이성異性에 눈을 뜨고 저만의 취향과 고집이 생겨나는 사춘기로 접어들면 공부에 전일하기가 어렵다.

하지만 그 중간의 5년간은 총두聰竇, 즉 슬기 구멍이 뻥 뚫려 있어 지혜가 우후죽순처럼 쑥쑥 자라는 가장 보배로운 시간이다. 이때를 허투루 지나보내면 몇 배의 노력으로도 회복이 어렵다. 공부에도 때가 있고 독서에도 때가 있다. 철이 들어 공부를 하고 싶을 때는 대개는 너무 늦은 시점이기 쉽다. 보석 같은 시간이 반짝반짝 빛나도록 도와주는 것이 교육이다.

중봉직필

中鋒直筆

답답해도 듬직한 정공법

처음 붓을 잡을 때부터 중봉직필中鋒直筆이란 말을 수없이 들었다. 중봉은 붓끝 뾰족한 부분이 어느 방향이든 모든 획의 정중앙을 지나야 한다는 뜻이다. 직필은 붓대가 지면과 직각을 이뤄야 한다는 말이다. 손목이나 손가락으로 재주를 부릴 수 없다. 허리를 곧추 세우고 붓대를 야물게 잡아야 중봉직필이 된다. 반대로 측필편봉側筆偏鋒은 붓을 좌우로 흔들어 붓끝을 필획의 측면으로 쓸며 재주를 부리는 것이다. 눈을 놀래는 획이 나오겠지만 정공법은 아니다.

상유현尙有鉉(1844~1923)의 〈추사방현기秋史訪見記〉에 중국 사람 탕상헌湯爽軒이 추사의 글씨를 평한 대목이 있다. 중국 사람이 추사의 글씨를 값을 안 따지고 다투어 사 가는데, 예서만 찾지 행서나 초서는 편획偏劃이 있어 높이 치지 않는다는 것이다. 예서는 고기古氣가 넘치고 법식에 맞아 참으로 동방의 대가가 되나, 행초의 획은 편획이 많아 높은 점수를 줄 수 없다고 썼다.

명나라 진계유陳繼儒의 《진주선眞珠船》에도 이런 말이 나온다.

> 강남의 서현徐鉉은 소전小篆체의 글씨를 잘 썼다. 햇빛에 비춰 살펴보면 글자마다 한 줄기 진한 먹이 모든 획의 정중앙을 지나고 있었다. 굽거나 꺾이는 획에서도 한편으로 쏠리는 일이 없었다.
>
> 江南徐鉉善小篆. 映日視之, 書中心有一縷濃墨, 正當其中. 至曲折處, 亦無偏側.

구불구불 이어지는 작은 전서체를 쓰면서도 중봉직필을 잃지 않았더란 말이다.

나는 이 글을 지도자가 조직을 이끄는 법도를 말한 글로 읽었다. 리더는 중봉직필이라야지 측필편봉은 안 된다. 멋있어 보이려고 손목을 써서 붓대를 누이거나 측필을 쓰면 잠깐은 통해도 오래 못 간다. 답답해도 듬직한 정공법이 맞다. 그러지 않으면 권모술수와 부화뇌동만 는다.

한번은 인사동을 지나다가 서예전을 하길래 들렀다. 전서 병풍의 필획이 아무래도 어색해 가까이 가서 보니 다른 사람이 쓴 글씨 위에 종이를 대고 볼펜으로 획을 그린 후 그 위에 덧칠해 쓴 글씨였다. 철필로 획의 중심을 잡긴 했는데 접골이 되지 않아 근골이 제멋대로 따로 노는 격이라고나 할까? 민망하고 딱해서 혼자 한참을 웃었다.

요동백시

遼東白豕

요동 땅의 흰 돼지

에도 시대 일본의 유학자 라이 산요賴山陽(1781~1832)의 전집을 살펴보는데《춘추요시록春秋遼豕錄》이라는 재미난 책 이름이 나온다. 라이 산요가《춘추》에 대해 강의한 것을 문하 제자들이 정리한 내용이다. 책 말미에 붙은 그의 발문을 보니, 당시 경학 공부의 네 가지 병통을 지적했다. 첫 번째는 빙주憑注로, 경서의 본문은 안 읽고 주석부터 읽는 폐단이다. 두 번째는 영주佞注니, 주석에 아첨해서 내용이 어긋나면 도리어 경전 본문을 뜯어고치려 드는 폐단이다. 세 번째는 구주仇注로, 남의 주석을 따져보지도 않고 원수 삼아 다퉈볼 궁리뿐인 태도다. 네 번째는 역어주役於注니, 뭔가 새로운 주장을 내세워보려고 예전의 온갖 주석을 다 끌어 모아 늘어놓는 수작이다. 이런 폐단은 그때나 지금이나 한가지다.

라이 산요는 옛사람이 이미 다 말했겠지만 내가 미처 못 보았을 수가 있고, 생각이 같은 것을 알게 되는 것도 의미가 있으므로 중복을 무릅쓰고 이 책을 짓노라고 썼다. 그래서 붙인 제목이 요시록遼豕錄, 즉 요동 돼지의 기록이란 요상한 제목이다.

물론 요동 돼지는 연원이 있다. 옛날에 요동에서 멧돼지가 새끼를 낳았는데 머리가 흰 놈이 나왔다. 특별한 종자라고 여긴 야인이 조정에 진상하려고 이것을 안고 하동河東으로 달려갔다. 그런데 가다 보니 하동 땅의 돼지는 온통 흰 놈뿐이지 않은가? 고작 머리 흰 것을 신기하게 여긴 자신이 부끄러워 기운이 빠진 그는 그만 되돌아오고 말았다. 이것이 유명한 요동백시遼東白豕의 사연이다.《문선文選》에 실린 주부朱浮의 〈여팽총서與彭寵書〉에 나온다.

라이 산요가 책 제목을 이렇게 붙인 것은 남이 보면 요동 돼지 꼴이라 우스울 테지만, 나는 그래도 본문에 충실하고 다른 사람의 주석을 곱씹은 바탕 위에서 종내 내 말을 하려고 애썼다는 의미다. 이것도 안 읽었느냐는 식의 비방을 막는 동시에, 은근히 자기 식 독법의 자부를 드러낸 절묘한 표제였다. 학문은 제 말 하자고 하는 것인데, 이 눈치 저 눈치 보느라 죽도록 내 말은 한마디도 못하고 마는 것은 안쓰럽다.

은산철벽

銀山鐵壁

기필코 넘어서야 할 장벽

은산銀山은 중국 북경 외곽에 위치한 산 이름이다. 봉우리가 워낙 높고 험준한 데다 겨울이면 흰 눈에 늘 덮여 있어 이 이름을 얻었다. 기슭은 온통 검은 석벽으로 둘러싸여 이를 철벽이라 부른다. 그래서 은산철벽은 사람의 의지가 굳고 기상이 높아 범접할 수 없음을 비유하는 말로 많이 쓴다.

권상하權尙夏(1641~1721)가 정황丁熿의 신도비명에서 "대개 공은 실지 공부가 이미 깊어 대의를 환히 보았다. 이 때문에 변고를 만나서도 지조를 잃지 않았다. 비록 옛날에 이른바 은산철벽이라 한들 어찌 이에서 더하겠는가?"라고 썼다. 명銘에서도 다음과 같이 기렸다.

절해에 유배되어
죽음 앞에 더욱 군세,

곤륜산에 불이 나도
안 타는 건 옥뿐일세.
流移絶海　九死罙確
火炎崑岡　不燼唯玉

월봉月峯 무주無住(1623~?) 스님의 〈시혜사示慧師〉란 시는 이렇다.

푸른 바다 깊이 재기 무에 어렵고
수미산 높다 한들 못 오르리오.
조주 스님 '무無' 자 화두 이것만큼은
철벽에다 더하여 은산이로다.
滄海何難測　須彌豈不攀
趙州無字話　鐵壁又銀山

깊은 바다도 닻줄로 잴 수 있고, 수미산도 작정하면 못 오를 리 없다. 하지만 조주 스님의 무無 자 화두만큼은 눈앞이 캄캄해 어찌해볼 수가 없다. 시는 자신이 날마다 속절없이 무너지고 있지만 이 화두 하나를 들고 중노릇의 끝장을 보려 한다는 얘기다.

은으로 깎은 산, 무쇠 절벽은 기대고 비빌 언덕조차 없는 난공불락이다. 선가禪家에서는 화두를 들 때 마치 은산철벽 앞에 마주 선 것처럼 어찌해볼 수 없는 극단의 경계까지 자신을 밀어붙여 활구活句로 이를 타파해야 화두가 비로소 열린다고 본다. 은산철벽을 유가에서는 지향해야 할 대상으로 본 데 반해, 선가에서는 깨달음으로 가는 길에 반드시 넘어야 할 장벽으로 본 것이 다르다.

기필코 넘지 않으면 안 되는 은산철벽은 누구에게나 있다. 백척간두에서 한 걸음 더 내딛는 불퇴전不退轉의 정신만이 끝내 우리를 붙들어준다. 스스로 은산철벽으로 우뚝 설 때까지 물러서면 안 된다.

용지허실

用之虛實

쓸모없는 것의 쓸모

새로 다산이 제자인 황상에게 준 증언첩을 보았다. 다산이 1815년 5월에 황상을 위해 써준 열한 조목의 친필이다. 내용이 다 아름다운데, 그중 다음 한 단락이 특히 마음에 와 닿았다.

> 연꽃을 심는 것은 빌려 감상하는 데 지나지 않으나, 벼를 심는 것은 먹거리를 제공해줄 수가 있다. 그 쓰임새의 허실[用之虛實]이 서로 현격하다. 하지만 논을 넓혀 연 심는 못으로 만드는 사람은 그 집안이 반드시 번창하고, 연 심은 못을 돋워 논으로 만드는 사람은 그 집안이 반드시 쇠미해진다. 이는 무엇 때문일까? 이는 큰 형세가 쇠하고 일어나는 것이 인품의 빼어나고 잔약함과 연계되어 있기 때문이다. 송곳이나 칼끝 같은 소소한 이해쯤은 깊이 따질 것이 못 된다.

種蓮不過借玩賞, 種稻可以給餽餉. 其用之虛實相懸也. 然廓稻田以爲蓮沼者, 其家必昌, 夷蓮沼以爲稻田者, 其家必衰. 斯何故也. 是知大勢衰旺, 繫乎人品之俊孱, 小小錐刀之利害, 未足深爭也.

연을 심는 것은 감상을 위해서요, 벼를 심음은 먹거리의 실용을 위한 것이다. 당연히 벼를 심으라고 할 줄 알았는데 다산은 반대로 말했다. 벼 심을 논을 넓혀 연을 심는 집안은 번창하고, 연 심었던 못을 돋워 벼 심는 집안은 쇠미해진다. 왜 그럴까? 인품의 차이 때문이다. 벼 몇 포기 더 심어 얻는 몇 말 쌀보다 연꽃을 감상하며 얻는 정신의 여유가 더 소중하다는 말씀이다.

다산은 서울 시절 마당에 국화 화분 수십 개를 길렀다. 길 가던 사람이 열매 있는 유실수를 심지 않고 어찌 아무 짝에 쓸모없는 국화만 기르느냐고 타박했다. 다산은 형체만 기르려 들면 정신이 굶주리게 된다며, 실용이란 입에 넣어 목구멍을 넘기는 것만 가리키지 않는다고 대답했다. 실용만 따진다면 농사나 열심히 짓지 시는 무엇하러 짓고 책은 어째서 읽느냐고 반박했다. 이 글 또한 다산이 초의에게 준 필첩에 나온다.

세상은 온통 실용만 외치고 쓸모만 찾는다. 쓸모없는 것의 쓸모 있음을 지속적으로 갈파한 다산의 가르침에서 인문 정신의 한 희망을 읽는다. 연을 심고 국화도 길러야 정신이 살찐다. 돈만 따지는 것은 시정잡배들이나 하는 짓이다.

장망록어

張網漉魚

중생제도의 큰 서원

아세아문화사에서 펴낸 《범어사지梵魚寺誌》를 읽는데 마지막 면에 인장이 한 과 찍혀 있고 옆에 위창葦滄 오세창吳世昌(1864~1953) 선생의 글이 적혀 있었다. 사연이 자못 흥미로웠다.

범어사 부근에 원효 스님의 유지遺址가 있었다. 1936년 이곳에 공사를 하느라 땅을 파다가 두 길 깊이에서 해묵은 옥인玉印 하나가 출토되었다. 본래 철합鐵盒에 넣었던 것인데 오랜 세월에 합은 다 삭고 옥인만 남은 상태였다. 인장에는 아홉 글자가 새겨져 있었다. "크게 가르침의 그물을 펼쳐 인천人天의 물고기를 낚는다.[張大敎網, 漉人天之魚.]" 가르침의 그물을 크게 펼쳐 미망迷妄에서 헤어나지 못하는 중생을 모두 제도濟度하라는 뜻이다.

원효의 천년 성지 땅 속 깊은 곳에서 쇠로 만든 상자가 다 삭아내려 흔적도 찾기 어려운 시간 속에서도 옥인은 그 모습을 변치 않고 그대로 남아 있었다. 중생제도의 서원은 삭지도 않고 삭을 수도 없었던 것일까?

그해 백용성白龍城(1864~1940) 스님은 동산東山(1890~1965) 스님에게 계맥을 전수하는 정전옥첩正傳玉帖에서 “해동 초조初祖의 보인寶印을 정법안장正法眼藏의 신표로 주노니 잘 지녀 끊어지지 않도록 하라.”며 이 옥인을 내렸다. 동산은 이를 허리에 차고 한시도 몸에서 떼지 않았다 한다. 동산 스님이 서울에 왔다가 속가의 고모부인 위창 선생을 찾아가 옥인을 지니게 된 내력을 들려주었다. 위창은 감탄하며 그 옥인에 인주를 듬뿍 묻힌 후 정성스레 자신의 인전지印箋紙에 찍었다. 그리고 전후사연을 두 구절의 시와 함께 써주었다.

> 옥돌이 삭지 않아 어보魚寶를 받쳐내니
> 허리에 찬 작은 인장 천년의 고험攷驗일세.
> 土花不蝕漉魚寶 腰間小鉩千年攷

동산 스님은 옥인을 찬 채 ‘서리 솔의 맑은 절조, 물 위 달의 텅 빈 마음[霜松潔操, 水月虛襟]’ 같은 맵고 맑은 정신으로 성철 스님 같은 근세의 선지식들을 무수히 길러냈다.

제 4 부

숫자로 세상 읽기

일자문결

一字文訣

한 글자의 작문 비결

《독서보》를 읽는데 왕구산王緱山이 쓴 〈일자결一字訣〉이 실려 있다. 함께 읽어본다.

문장에 딱 한 글자로 말할 만한 비결이 있을까? '긴緊'이 그것이다. 긴이란 장丈을 줄여 척尺으로 만들고, 척을 쥐어짜 촌寸으로 만드는 것을 말함이 아니다. 글이 꽉 짜여 빈틈이 없는 것을 두고 하는 말이다. 옛사람은 글의 포치布置는 느슨해도 결구結構, 즉 짜임새는 촘촘했다. 지금 사람은 구성은 촘촘하나 짜임새는 엉성하다. 솜씨가 교묘한 자는 마치 준마가 시내를 단숨에 건너뛰는 것 같고, 재주가 못난 자는 노둔한 소가 산을 오르는 것과 같다.

文章有一字訣乎? 曰緊. 緊非縮丈爲尺, 蹙尺爲寸之謂也. 謂文之接縫闘筍處也. 古人布局寬, 結構緊. 今人布局緊, 結構寬. 巧者如駿馬跳澗, 拙者如駑牛登山.

긴緊은 긴밀緊密, 긴요緊要, 긴절緊切 같은 단어에서 보듯 단단히 얽혀 비집고 들어갈 틈이 없는 상태를 설명하는 표현이다. 긴 글을 쥐어짜 줄인 것이 긴緊이 아니다. 좋은 글은 한 글자만 빼거나 더해도 와르르 무너진다. 당나라 한유가 말한 "풍부하나 한 글자도 남지 않고, 간략해도 한 글자도 빠뜨리지 않는다.[豊而不餘一字, 約而不失一辭.]"의 경지다.

글 속에 접봉투순接縫闘筍이란 표현이 나온다. 접봉은 재봉선裁縫線, 즉 천의 이음새가 보이지 않는 바느질 솜씨다. 투순은 죽순이 다투어 솟아날 때 서로 맞닿아 둘을 갈라낼 수 없을 만큼 붙어 있는 것을 말한다. 빈틈없이 꽉 들어차서 하나가 된 상태의 비유다.

다시 포국布局과 결구結構의 긴밀함과 느슨함으로 옛사람과 지금 사람을 구분했다. 포국은 글의 전반적인 배치, 지금 말로 개요에 해당한다. 결구는 하나하나의 문장을 서로 얽어 짜서 빚어내는 조직組織이다. 옛글은 그저 읽으면 벙벙해 보여도, 따져 살피면 어느 문장 어느 글자 하나 허투루 놓인 데가 없다. 지금 글은 군사 작전을 하듯 개요를 작성하고 예시를 주워 모아 준비를 단단히 해도 막상 실전에 투입하면 여기서 새고 저기서 넘쳐 정신을 못 차리다가 스스로 궤멸되고 만다.

일엽지추

一葉知秋

잎 하나 지자 가을이 왔다

조두순趙斗淳(1796~1870)이 낙향하는 집안사람을 위해 시를 써주었다.

오동 한 잎 날리자 천하가 가을이라
가을바람 가을비만 외론 누각 가득하다.
그대 아직 서울 미련 있음을 내 알지만
그저 근심뿐이려니 머물 생각 감히 마소.
一葉梧飛天下秋　秋風秋雨滿孤樓
知君更有門閭戀　未敢相留秖自愁

첫 구는 연원이 있다. 《회남자》〈설산훈說山訓〉에 "작은 것을 가지고 큰 것을 보니, 잎 하나 지는 것을 보고 한 해가 장차 저무는 줄을 안다.[以小見大, 見一葉落而知歲之暮.]"라 했다. 또 당나라 어느 시인은 다음의 구절을 남겼다.

> 산승이 날짜를 꼽을 줄은 몰라도,
> 한 잎 지면 천하에 가을 옴은 안다네.
> 山僧不解數甲子 一葉落知天下秋

여름철의 비바람을 끄떡 않고 다 견딘 오동잎도 새로 돋는 가을 기운 앞에서는 속수무책이다. 처음 한 잎이 떨어지는 것을 신호로 온 나무의 잎이 일제히 맥을 놓고 낙하한다.

앞서 조두순이 건넨 시의 뜻은 이렇다. "오동잎이 한 잎 지니 곧 낙목한천落木寒天일세. 서울 생각일랑 이제 접게. 머문들 근심뿐인 것을 어째 모른단 말인가? 훌훌 털고 돌아가겠다니 잘 생각했네. 작은 데서 큰 것을 살펴야지. 더 늦기 전에 안돈해야지."

다음은 용재容齋 이행李荇(1478~1534)이 중국에 사신 갔다 돌아오는 길에 쓴 시 중 한 수다.

> 인생은 나그네와 다름이 없어
> 백년 인생 손 한번 뒤집음 같네.
> 가을바람 잎 하나 떨구더니만
> 벌레 소리 어이 이리 소란스럽나.
> 객사가 서늘해짐 기뻐하면서

한밤중 말없이 앉아 있노라.
어지럽고 시끄러운 명리의 길엔
벼슬아치 수레만 분주하다네.
덧없는 한 꿈을 깨고 나면은
스러져 뉘 다시 살아 있으리.
썩지 않을 사업을 보존하여서
달사와 더불어 논하고 싶네.
人生等過旅　百年隨手翻
商飆脫一葉　候蟲亦何喧
客舍喜空涼　夜坐默語言
擾擾利名途　冠蓋日追奔
居然一夢覺　泯沒誰復存
我欲保不朽　可與達士論

잎 하나 지니 가을이 왔다. 아직 떨치지 못한 미망迷妄이 남았거든 더 늦기 전에 털어내야겠다.

쌍미양상
雙美兩傷

둘 다 잘되거나 함께 망하거나

당나라 때 배광정裵光庭은 염린지閻麟之를 심복으로 여겨 무슨 일이든 그의 판단과 감수를 받고서야 글로 썼다. 당시 사람들이 "염린지의 입에 배광정의 손"이라고 말했다. 아이디어는 염린지에게서 나왔고 이를 구체화한 것은 배광정이라는 뜻이었다. 둘이 합쳐 하나가 되자 최고의 조합을 이루었다.

진晉나라 때 태숙太叔 광廣은 변론에 능했고, 지우摯虞는 글쓰기가 뛰어났다. 조정에서 공론을 펼칠 때 광이 말솜씨를 뽐내며 주장을 세우면 지우는 아무 대꾸도 못했다. 하지만 물러 나와서는 글로 지어 광을 비난했다. 그러면 그 글에 대해 광은 또 아무 반박도 할 수 없었다. 틈만 나면 상대를 헐뜯느라 조용할 날이 없고 할 수 있는 일이 없었다.《문해피사》에 나온다.

김육金堉(1580~1658)이 만년에 사치하여 생일이 아닌데도 큰 잔치를 벌였다. 사돈인 신익성申翊聖(1588~1644)이 잔치가 파하기를 기다려 질그릇으로 만든 투박한 술통에 보리술을 채우고 버들고리에 삶은 개고기를 담아 종을 시켜 보냈다. 김육이 내당에 들어가 자녀를 다 모아놓고 며느리를 돌아보며 말했다. "이것은 네 아비가 보낸 것이다. 옛날 내가 빈천하여 시골에 묻혀 지낼 때는 보리술 한 잔과 삶은 개다리 하나도 먹기가 어려웠다. 지금은 내가 재상의 지위에 있으면서 처음부터 부귀했던 사람처럼 지내고 있다. 이제 이렇게 보내온 음식을 보니 옛 벗이 나를 권면하고 경계하는 뜻이로구나." 그러고 나서 부인과 두 아들과 함께 보내온 보리술과 개고기를 먹고 자리를 파했다. 잘못을 은근히 꾸짖은 신익성의 강직함과 대범하게 잘못을 인정하고 받아들인 김육의 도량을 당시에 양미兩美로 일컬었다. 《송천필담》에 나온다.

사람의 능력은 저마다 다르다. 둘이 환상적 조합을 이뤄 부족한 점을 보태 시너지를 내면 함께 아름다운 쌍미雙美가 되고, 따로 놀며 비난만 하면 같이 망하는 양상兩傷이 된다. 저마다 잘났다고 으르렁대니 될 일도 안 되고, 부족함을 서로 붙들어 뜻을 모으자 안 될 일도 문제없이 해결된다. 되는 나라와 안 되는 집안의 차이가 여기서 엇갈린다.

삼심양합

三心兩合

독서의 마음가짐과 태도

근세 중국의 기재奇才 서석린徐錫麟(1873~1907)은 독서에서 삼심양합三心兩合의 태도를 중시했다. 먼저 삼심은 독서할 때 지녀야 할 세 가지 마음가짐이다. 전심專心과 세심細心, 항심恒心을 꼽았다. 전심은 일체의 잡념을 배제하고 마음을 오롯이 모아 책에 몰두하는 것이다. 세심은 말 그대로 꼼꼼히 놓치지 않고 세밀하게 훑는 자세다. 그는 책을 읽다가 중요한 대목이나 좋은 구절과 만나면 표시해두고, 이해되지 않는 부분은 부친에게 나아가 물어 완전히 안 뒤에야 그만두었다. 항심은 기복 없는 꾸준한 마음이다. 그는 이렇게 말했다. "나는 매일 밥을 먹어야 하고, 나는 날마다 책을 읽어야 한다. 하루만 굶으면 배가 고프고, 하루만 안 읽으면 머리가 고프다." 안중근 의사가 "하루라도 책을 읽지 않으면 입 속에 가시가 돋는다.[一日不讀書, 口中生荊棘.]"고 한 뜻과 같다.

양합은 두 가지의 결합과 연계를 말한다. 첫 번째는 독서와 수신양덕修身養德의 결합을 강조했다. 그는 책상 위에 직접 제갈량의 〈계자서誡子書〉 중 다음 대목을 써놓았다.

> 군자의 배움은 고요함으로 몸을 닦고 검소함으로 덕을 길러야 한다. 담박함이 아니고는 뜻을 밝게 할 수가 없고, 고요함이 아니고는 먼 데까지 다다를 수가 없다.
> 夫君子之學, 靜以修身, 儉以養德. 非澹泊無以明志, 非寧靜無以致遠.

고요함과 검소함으로 자신의 몸가짐과 마음가짐을 향상시킬 때 독서의 진정한 보람이 있다. 내면의 성찰 없는 독서는 교만과 독선을 낳기 쉽다. 머리와 가슴이 따로 놀면 못 쓴다. 두 번째로 그는 독서와 신체 단련의 결합을 중시했다. 공부로 잔뜩 긴장한 머리는 산책과 체조 등의 활동으로 한 번씩 풀어주어 독서에 리듬과 탄력을 불어넣어야 한다. 그러지 않고 우겨넣기만 하면 효율도 떨어지고 무엇보다 오래 지속할 수가 없다.

그저 읽고 건성으로 읽으면 안 읽느니만 못하다. 성호 이익 식으로 말하면 흑백을 말하면서 희고 검은 것은 모르고, 말을 하지만 귀로 들어갔다가 입으로 나오는 데 지나지 않아 실컷 먹고 토하는 것과 같게 된다. 건강을 해치고 뜻마저 사납게 된다.

위학삼요

爲學三要

공부에 필요한 세 덕목

승려 초의는 다산이 특별히 아꼈던 제자다. 다산은 처음에 그의 적극적이지 않은 태도가 성에 차지 않았던 듯 수십 항목으로 적어준 증언贈言에서 진취적인 학습 자세를 반복하여 강조했다. 이들 증언은 다산의 문집에는 모두 빠졌고, 신헌申櫶(1810~1884)이 초의에게 들렀다가 다산이 그에게 써준 증언을 보고 베껴둔 《금당기주琴堂記珠》란 기록 속에 남아 전한다. 다음은 그중 학문의 바탕을 갖추기 위해 지녀야 할 덕목을 말한 한 대목이다.

> 배우는 사람은 반드시 혜慧와 근勤과 적寂 세 가지를 갖추어야만 성취함이 있다. 지혜롭지 않으면 굳센 것을 뚫지 못한다. 부지런하지 않으면 힘을 쌓을 수가 없다. 고요하지 않으면 오로지 정밀하게 하지 못한다. 이 세 가지가 학문을 하는 요체다.

學者必具慧勤寂三者, 乃有成就. 不慧則無以鑽堅; 不勤則無以積力; 不寂則無以顓精. 此三者, 爲學之要也.

위학삼요爲學三要, 즉 학문에 필요한 세 가지 핵심 덕목으로 혜慧·근勤·적寂을 꼽았다. 굳이 불가의 표현을 쓴 것은 초의의 신분이 승려임을 배려해서다. 첫 번째 덕목은 지혜다. 지혜로 찬견鑽堅, 즉 나를 가로막는 굳센 장벽을 뚫어야 한다. 두 번째는 근면이다. 밥 먹고 숨 쉬듯 기복 없는 노력이 보태져야 적력積力, 곧 힘이 비축된다. 세 번째로 꼽은 것은 뜻밖에 적寂이다. 공부에는 고요와 침묵으로 함축하는 시간이 필요하다. 전정顓精, 즉 정수精粹와 정화精華를 내 안에 깃들이려면 외부의 번화로부터 나를 차단하는 적묵寂默의 시간과 공간이 필요하다.

지혜로 속도를 내고 근면으로 기초 체력을 다져도 침묵 속에 방향을 가다듬지 않으면 노력이 헛되고 슬기가 보람 없다. 방향을 잃은 지혜, 목표를 놓친 노력은 뼈에 새겨지지 않고 오히려 독毒이 된다. 제 재주를 못 이겨 발등을 찍고, 제 노력만 믿고 남을 우습게 보는 교만을 심는다. 적寂을 가늠자 삼아 자칫 무너지기 쉬운 균형을 끊임없이 바로잡아야 한다고 일깨워준 것이 특히 절실하게 들린다.

시유삼건

侍有三愆

아랫사람이 삼가야 할 세 가지 허물

영조 원년인 1725년 3월 13일에 시민당時敏堂에서 《논어》 진강進講이 있었다. 군신이 번갈아 〈계씨季氏〉 편을 읽고 토론이 이어졌다.

〈예악유도禮樂有道〉 장의 "천하에 도가 있으면 예악禮樂과 정벌征伐이 천자로부터 나오고, 천하에 도가 없으면 예악과 정벌이 제후에게서 나온다."는 대목을 두고 강관講官 신사철申思喆이 말했다. "상하의 명분에 대해 말한 것입니다. 천자는 천하를 다스림에 예악과 정벌로 운용합니다. 아랫사람이 윗사람을 얕잡아 보고 윗사람이 권위를 지키지 못해 제후가 월권해서 천자의 일을 하고, 대부가 월권해서 제후의 일을 하면, 이는 이치를 대단히 거스르는 것이어서 망하지 않는 경우가 없습니다."

〈서인불의庶人不議〉 장에서 "천하에 도가 있으면 서인은 논의하지 않는다."고 한 대목을 두고는 이렇게 풀이했다.

"윗사람이 치도를 이루면 아랫사람은 자기들끼리 왈가왈부하지 않습니다. 그러지 못할 때 항간의 의론이 들끓게 됩니다. 임금이 덕을 닦아 정사를 펼침에 마땅치 않은 것이 없어야만 인심을 복종시킬 수 있으니, 그러지 않으면 위세로 제압하려 하여도 그렇게 할 수 있겠습니까?" 영조가 대답했다. "어찌 덕을 닦지 않고 위세로 그들의 의론을 막을 수 있겠는가?"

글이 〈삼건三愆〉 장으로 넘어갔다.

"군자를 모심에 세 가지 잘못이 있다. 말씀이 아직 이르지 않았는데 말하는 것을 조급함이라 한다. 말씀이 이르렀는데 말하지 않는 것을 감춤이라 한다. 안색을 살피지 않고 말하는 것을 눈이 멀었다고 한다.[孔子曰 侍於君子有三愆, 言未及之而言, 謂之躁, 言及之而不言, 謂之隱, 未見顏色而言, 謂之瞽.]" 시독관侍讀官 이기진李箕鎭이 아뢰었다. "젊은이가 어른을 모실 때는 이처럼 신중해야 하나, 윗사람이 굳이 이것으로 꾸짖으려 한다면 이 또한 너무 속 좁은 행동입니다."

안 해야 할 말을 하고, 해야 할 말은 안 하며, 눈치 없이 아무 때나 말하는 것이 아랫사람의 세 가지 허물이다. 이때 덕이 아닌 위세로 입을 막아 꾸짖는 것은 윗사람의 잘못이다. 임금은 그대들의 말대로 하겠다며 이날의 공부를 마쳤다.

노인삼반

老人三反

노인이 젊은이와 다른 점 세 가지

이기가 《간옹우묵》에서 말했다.

> 세속에서 하는 말이 있다. 노인이 젊은이와 반대인 것이 대개 세 가지다. 밤에 잠을 안 자며 낮잠을 좋아하고, 가까운 것은 못 보면서 먼 것은 보며, 손주는 몹시 아끼나 자식과는 소원한 것, 이것이 노인의 세 가지 상반된 점이다.
>
> 世俗有言, 老人與年少之人相反者, 大槩有三. 夜不肯寐而喜晝眠, 不能近視, 而能遠視. 篤愛兒孫, 而疎其親子, 此老人之三反也.

명나라 때 왕납간王納諫도 《회심언會心言》에서 이렇게 말한다.

아이 적엔 똑똑해도 늙으면 잘 잊고, 아이 때는 다 즐거우나 늙으면 모든 것이 슬프다. 이 또한 한 몸 가운데 조화가 옮겨 흘러감이다.

兒多慧, 老多忘; 兒多樂, 老多悲. 此亦一身中造化遷流.

엊그제 일은 까맣게 생각이 안 나도 몇십 년 전 일은 어제 일처럼 생생하다. 팔랑팔랑하던 젊은 시절은 늘 기쁘고 좋았는데 나이가 들자 스쳐가는 바람에도 공연히 눈물이 난다. 나는 그대로건만 세월이 다르다. 밤에는 뒤척이다 낮잠이 많아진다. 아들은 점점 보기 싫고 손주만 예뻐 죽겠다. 모두 늙었다는 증거다.

돌아보면 젊음의 시간이 다 빛났던 것은 아니다. 늘 조바심치고 바둥거리며 살았다. 열심히 했지만 막상 손에 쥔 것은 없었다. 노년의 멀리 내다보는 안목을 그때 지녔더라면 좀 좋았을까? 명나라 진익상陳益祥이 《잠영록潛穎錄》에서 말했다.

사람이 늙은이 입장에서 젊은이를 보고, 죽음을 통해 삶을 보며, 실패를 바탕으로 성공을 보고, 시들어 초췌함으로부터 영화로움을 본다면 성품이 안정되고 행동이 절로 바르게 되리라.

人能自老看少, 自死看生, 自敗看成, 自悴看榮, 則性定而動自正.

젊은이는 혈기를 믿고, 성공하고 말겠다는 욕망 때문에 종종 판단을 흐린다. 번듯한 좋은 것만 눈에 들어오지 엔간한 것은 성이 차지 않는다. 쏟아지던 아침잠이 줄고 낮잠이 늘어가는 것은 생체 리듬의 자연스런 변화 결과다. 몸이 따르지 못하는 욕망은 마음으로 지그시 누르는 것이 맞다. 시계를 작위적으로 되돌리려 들면 원망과 서운함만 쌓인다. 내려놓아야 가벼워진다. 나이가 들수록 마음공부가 필요하다.

삼환사실

三患四失

세 가지 근심과 네 가지 잃음

강필효姜必孝(1764~1848)가 남긴 〈어록〉의 한 대목이다.

> 배움에는 삼환사실三患四失, 즉 세 가지 근심과 네 가지 잃음이 있다. 미처 알지 못할 때는 듣지 못함을 근심하고, 듣고 나서는 배우지 못함을 근심하며, 배운 뒤에는 행하지 못함을 근심한다. 이것을 일러 세 가지 근심이라 한다. 혹 너무 많은 데서 잃고, 혹 너무 적은 데서 잃으며, 혹 너무 쉬운 데서 잃고, 혹 중도에 그만두는 바람에 잃는다. 이를 두고 네 가지 잃음이라 한다.
> 學有三患四失, 未聞患弗聞, 旣聞患弗學, 旣學患弗行, 斯謂之三患. 或失之多, 或失之寡, 或失之易, 或失之止, 斯謂之四失.

공부하는 사람이 놓지 말아야 할 점검처와 놓치기 쉬운 지점을 쉽게 말했다. 몰라 안타깝고, 알면 배워 익히며, 익힌 뒤엔 실행에 옮긴다. 배우고도 실천에 옮길 뜻이 없다면 애초에 안 배우는 것이 낫다. 알고도 배울 마음이 없다면 아예 안 듣느니만 못하다. 몰라도 아쉬울 게 없으면 무지렁이 밥벌레로 살면 된다.

깨달아 알고, 배워 행할 뜻을 품었거든 다음 네 가지 문제에 걸려들지 않게 조심한다. 아는 게 너무 많으면 공부가 잡다해져 몰입을 방해한다. 든 게 너무 없어도 실마리를 못 잡고 헤맨다. 쉽다고 우습게 보면 거기에 걸려 넘어진다. 공부는 일상의 손쉽고 가까운 의리에서 출발해서 끝난다. 이만하면 됐지 하는 순간 그간의 공부가 와르르 무너진다.

다시 덧붙인다.

> 군자는 사요四要, 즉 네 가지 요점을 붙들어야 한다. 마음은 맹렬히 살펴야 하고, 뜻은 굳게 붙들어야 한다. 몸은 진득이 무거워야 하고, 기운은 떨쳐 펼 수 있어야 한다.
>
> 君子有四要, 心要猛省, 志要堅持, 體要凝重, 氣要振發.

반성 없이 발전 없고, 굳셈이 아니고는 뜻을 못 세운다. 몸가짐은 묵직하게, 하지만 기상은 높아야 한다. 한 번 더 쐐기를 박았다.

오늘 안 하고 내일도 안 하니 마흔에도 한 것이 없다. 쉰부터 쇠약해진다. 쇠약이 쌓여 늙고, 늙음이 누적되면 죽는다. 그래서 군자는 죽을 때까지 이름이 일컬어지지 않음을 미워한다고 하는 것이다.

今日不做, 明日不做, 四十無聞, 五十始衰. 積衰成老, 積老成死, 故曰君子疾沒世而名不稱.

아! 답답하다.

추삼조사

推三阻四

사는 일은 장애물과의 전쟁

다산 정약용이 제자인 초의 스님에게 준 친필 증언첩에 나오는 한 대목이다.

> 내가 평생 독서하려는 소원이 있었다. 때문에 귀양을 오게 되자 비로소 크게 힘을 쏟았다. 쓸데가 있다고 여겨 그런 것이 아니었다. 승려들은 매번 글을 지어봤자 쓸데가 없다고 하면서 게으르고 산만한 곳에 몸을 내맡기니 자포자기함이 이보다 심한 것이 없다. 독서하기 편한 것은 비구만 한 것이 없다. 절대로 이런저런 장애에 걸리지 말고 힘을 쏟아 나아가야 한다.
> 余平生有讀書之願. 故及遭流落, 始大肆力, 匪爲有用而然也. 僧徒每云, 績文無用處, 任其懶散, 自暴自棄, 孰甚於此? 讀書之便, 莫如比丘, 切勿推三阻四, 着力前進也.

원문 중에 추삼조사推三阻四란 표현이 나온다. 말 그대로 세 가지 일을 추진하면 네 곳에서 제동이 걸리는 형국을 말한다. 결국 여기서 걸리고 저기서 자빠져서 앞으로 나아갈 수가 없게 된다. 세상 사는 일은 예상할 수 없는 장애물과의 전쟁이다. 장애와 난관은 없는 적이 없다. 시련과 역경이 성취의 기쁨을 배가시킨다. 귀양 왔다고 주눅 들고, 당장에 쓸데가 없다고 자기 성장을 멈추면 진짜 무언가 이뤄보려 할 때 아무것도 할 수가 없다.

다산은 유배지의 척박한 환경을 하늘이 주는 기회로 알고 학문에 몰두했다. 이것으로 재기의 발판을 삼을 생각이 아니었다. 반성문을 쓰려고도 하지 않았다. 벼슬길에서는 결코 꿈꿀 수 없었던 금쪽같은 독서의 시간을 하늘이 특별히 허락해준 것으로 알고 이 시간을 달고 고맙게 받았다.

당시 불문의 제자가 다산의 문하를 들락거리는 것을 두고 절집 내부에서 말들이 많았다. 그 서슬에 움츠러든 초의에게 그게 바로 자포자기라며 나무랐다. 공부는 당장의 쓸모를 보고 하는 것이 아니다. 해야 하고 아니 해서는 안 되기에 하는 것이다. 숨을 생각하고 쉬는 사람이 있는가? 끼니마다 밥을 먹는 이유를 따지기도 하는가? 숨 쉬고 밥 먹듯 우리는 공부를 해야 한다. 어디다 써먹을지는 따질 필요가 없다. 공부는 빠른 법도 늦는 법도 없다. 할 때가 빠른 때고 안 할 때가 늦은 때다.

사지삼혹

四知三惑

몸가짐의 바른 태도

한나라 때 양진楊震(54?~124)이 동래 태수로 부임하는 길에 창읍 현령 왕밀王密을 만났다. 그는 예전 양진의 추천을 받아 벼슬을 시작했으므로 은혜로 여겨 밤중에 찾아와 황금 열 근을 바쳤다. 양진이 말했다. "나는 그대를 알아보았는데, 그대는 어째서 나를 모르는가?" 왕밀이 대답했다. "어두운 밤이라 아무도 모릅니다." 양진이 다시 말했다. "하늘이 알고 귀신이 알고 내가 알고 자네가 아네.[四知] 어찌 아는 사람이 없다 하는가?" 왕밀이 부끄러워하며 나갔다.

양진은 청렴해서 자식들이 거친 음식을 먹고 외출할 때도 걸어 다녔다. 벗들이 먹고 살 도리를 하라고 하면 고개를 저으며 말했다. "후세에 청백리의 자손으로 일컬어지게 하려네. 이것만 남겨줘도 충분하지 않겠는가?"

그의 둘째 아들 양병楊秉(92~165)은 아버지를 이어 환제 때 태위 벼슬에 올랐다. 정치가 잘못되면 그는 늘 성의를 다해 임금에게 간언했다. 양병은 술을 전혀 입에 대지 않았고, 젊어서 아내가 세상을 뜨자 다시 장가들지 않았다. 아버지를 이어 그 또한 청렴으로 사람들의 기림을 받았다. 그가 말했다. "나는 술과 여색, 재물 이 세 가지에 흔들리지 않았다." 잘나가다가도 늘 술과 여자, 재물의 삼혹三惑에 발이 걸려 넘어진다. 군자가 사소한 것조차 삼가지 않을 수 없는 까닭이다. 《몽구蒙求》에 보인다.

남송의 진덕수眞德秀가 말했다. "사군자의 처세에서 십분 청렴함은 하나의 작은 선에 지나지 않는다. 사소한 탐욕으로 더럽혀지면 평생의 큰 죄악이다.[士君子處世, 十分廉潔, 不過一端小善. 一點貪汚, 是乃終身大惡.]" 이 말을 받아 이기는《간옹우묵》에서 이렇게 적었다.

> 청렴이란 작은 선일 뿐이어서 군자에게 있어 일컬을 만한 것이 못 된다. 하지만 청렴이 무너지면 비록 다른 훌륭한 점이 있더라도 미녀 서시西施가 오물을 뒤집어쓴 것 같아 코를 막지 않을 사람이 드물다. 어두운 밤이라고 말하면 안 되니 사지四知를 속이기 어렵다.
>
> 廉之一節, 特小善而已. 在君子固不足稱也. 然廉節或虧, 則雖有他美, 有如西施而蒙不潔之物, 人之不掩鼻者寡矣. 莫謂暮夜, 四知難欺.

사이가 좋고 서로 배짱이 맞을 때야 뇌물을 받아도 뒤탈이 없겠지만, 잠깐만에 관계가 틀어지면 아무도 보지 못한 데서 동티가 난다. 그때 가서 증거를 대라고 우겨도 이미 이름은 더렵혀진 뒤다.

거가사본

居家四本

집안을 다스리는 네 가지 근본

얼마 전 다산의 강진 시절 제자 황상과 황경黃褧 형제의 총서叢書를 보러 광주에 다녀왔다. 황한석 선생 집안에 전해온 이 책들은 두 형제분이 평생 스승의 가르침에 따라 중요한 책을 한 자 한 자 또박또박 베껴 초서鈔書한 것들이었다. 다산의 제자들은 대부분 자신의 호 아래 총서란 이름을 붙인 책들을 남겼다. 이강회李綱會의 《유암총서柳菴叢書》, 윤종진尹鍾珍의 《순암총서淳菴叢書》와 《순암수초淳菴手鈔》, 윤종삼尹鍾參의 《춘각총서春閣叢書》와 《춘각수초春閣手鈔》 등이 알려져 있고, 이번에 다시 황상의 《치원총서》와 황경의 《양포총서陽圃叢書》, 《양포일록襄圃日錄》 등이 한꺼번에 나왔다.

이중 단연 내 눈길을 끈 것은 《양포일록》에 실린 《거가사본居家四本》이었다. 주자의 '화순和順은 제가齊家의 근본이요, 근검勤儉은 치가治家의 근본이며, 독서讀書는 기가起家의 근본이요, 순리順理는 보가保家의 근본이다.'란 말에서 따와 집안 생활의 바탕을 이루는 네 가지 덕목을 여러 명언과 일화를 들어 설명한 책이었다.

다산이 두 아들에게 보낸 편지에 이런 내용이 보인다. "얼마 전 어떤 사람이 옛사람의 격언을 구하였다. 유배지에 서적이 없는지라 네댓 종의 책에서 명언과 귀한 말씀을 옮겨 적어 목차를 정해 책으로 만들어주었다. 그 사람이 고리타분하게 여겨 내던져버렸다. 흐린 풍속을 웃을 만하다. 덕분에 이 책이 사라지고 말았으니 가석하구나. 너희가 이 목차에 따라 여러 서적에서 가려 뽑아 서너 권의 책으로 만든다면 또한 한 부의 훌륭한 저술이 될 것이다."《거가사본》은 다산이 잃어버렸다고 애석해한 바로 그 책이었다. 다산의 책 한 권이 이렇게 해서 다시 세상에 나왔다. 지난 몇 달간 작업해서 번역을 다 마쳤다.

스승은 제자들에게 좋은 책을 베껴가며 하는 공부의 위력을 강조했고, 제자들은 스승의 말씀에 따라 평생 책을 옮겨 적으며 공부의 삶을 실천에 옮겼다. 그것이 저마다의 총서로 남았다. 그중에 스승이 잃어버려 안타까워했던 책 한 권이 들어 있었다.

치옥사요
治獄四要

법 집행의 네 원칙

명나라 설선의 《종정명언》은 중국에서보다 일본 막부에서 더 인기가 높아 여러 차례 출간된 책이다. 경험에서 우러난 위정자의 마음가짐을 적은 짧은 경구로 이루어져 있다.

> 옥사를 다스리는 데는 네 가지 요체가 있다. 공정함과 자애로움, 명백함과 굳셈이 그것이다. 공정하면 치우치지 않고, 자애로우면 보질지가 않다. 명백하면 능히 환히 비출 수 있고, 굳세야만 단안할 수가 있다.
>
> 治獄有四要, 公慈明剛. 公則不偏, 慈則不刻, 明則能照, 剛則能斷.

치옥의 네 요소로 꼽은 것이 공자명강公慈明剛이다. 법은 공정하되

자애롭게, 명백하되 굳세어 결단력 있게 집행해야 한다. 공정을 잃은 자애는 봐주기나 편들기가 되고, 명백하지 않은 굳셈은 독선과 아집으로 흐른다. 잣대를 잃고 상황에 영합하면 공정한 법 집행은 물 건너간다.

법이란 천리를 바탕으로 인정에 따르자는 것이니, 이를 위해 법으로 막고 제도로 금한다. 마땅히 공평하고 정대한 마음으로 경중의 마땅함을 가누어야지, 한때의 기쁨과 성냄에 따라 법을 만들어서는 안 된다. 만약 그렇게 하면 공평함을 얻지 못하는 자가 많아진다.

法者因天理順人情, 而爲之防範禁制也. 當以公平正大之心, 制其輕重之宜, 不可因一時之喜怒而立法. 若然則不得其平者多矣.

특례법, 특별법이 많다는 것은 법 집행이 그만큼 공명정대하지 못했다는 증좌다.

중中은 입법의 근본이요
신信은 행법行法의 핵심이다.
中者立法之本, 信者行法之要.

법을 만들었으면 반드시 행하는 것이 중요하다. 만들어놓고 행하지 않으니 그저 있으나 마나 한 헛글이 되어 다만 아랫것들의 나쁜 짓을 부추기기에 족할 뿐이다.

法立貴乎必行, 立而不行, 徒爲虛文, 適足以啓下人之翫而已.

지금 우리가 새겨들어야 할 말이다. 설선은 법을 천토天討라고 했다. “법이란 하늘이 내는 토벌이다. 공정함으로 지키고 어짊으로 행해야 한다.[法者天討也, 以公守之, 以仁行之.]” 입법의 공정성이 중요해도 사법의 바른 집행이 이뤄지지 않으면 소용이 없다.

토굴사관
土窟四關

못 견딜 시련을 창조의 시간으로

이덕리는 1776년 정조 즉위 직후 형 이덕사李德師가 올린 사도세자 복권을 탄원하는 상소 사건에 연좌되어 진도로 유배 왔다. 그는 결국 진도에서 19년 유배 생활 끝에 영암으로 옮겨졌다가 고향 땅을 밟지 못한 채 비운의 생을 마쳤다.

그의 시문집《강심江心》에〈귀뚜라미의 노래蟋蟀賦〉란 작품이 있다. 그는 진도 통정리桶井里의 귀양지에서 거북 등처럼 갈라진 흙벽 틈서 밤낮 우는 귀뚜라미 소리를 들었다. 그 절망의 시간을 그는 이렇게 토로했다. "마음이 꺾이고 뜻이 무너지자 멍하니 식은 재 위에 오줌을 눈 것처럼 다시는 더운 기운이 없었다. 또 어찌 능히 귀뚜라미가 혼자 울다 혼자 그치면서 스스로 그 즐거움을 즐기는 것만 같겠는가?"

하지만 그는 스스로를 절망의 나락 속에 밀어 넣는 대신 그 골방 안에서 국방 시스템에 관한 놀라운 제안을 담은《상두지桑土志》를 저

술했고, 그 재원 마련을 위해 중국과의 차 무역 구상을 제시한《동다기》를 지었다. 다산은 그의 저술을 보고 놀라 자신의《경세유표經世遺表》에 인용했고, 초의는《동다송》에《동다기》를 끌어와 자기주장의 근거로 내세웠다. 다산의 19년 유배 못지않게 이덕리의 긴 유배도 빛나는 성과를 남겼다.

중국의 국가 주석 시진핑習近平의 토굴사관土窟四關 기사를 읽었다. 부총리의 장남으로 '베이징 도련님'이었던 그는 부친의 갑작스런 실각으로 16세 때 황토 고원의 량자허梁家河 토굴로 쫓겨 가 7년간 살았다. 귀하게만 자란 여드름투성이의 소년이 토굴 생활에서 넘어야 했던 네 가지 관문은 벼룩과의 사투, 거친 잡곡밥, 고된 작업량, 실사구시實事求是의 사상 개조 등이었다고 그는 뒤에 술회했다. 20여 년 뒤 그곳을 다시 찾아 당시 주민과 함께 찍은 기념사진 속의 표정에는 역경을 이겨낸 사람의 깊이와 자신감이 느껴진다. 못 견딜 가혹한 시련도 어떤 사람에게는 그저 좌절과 절망의 시간이 아닌 창조와 향상의 시간이 된다.

작문오법

作文五法

좋은 글이 갖추어야 할 다섯 가지

명나라 원황이 〈간생에게 주는 문장에 대해 논한 글與干生論文書〉에서 좋은 글을 쓰기 위해 갖추어야 할 다섯 가지를 꼽았다.

첫째가 존심存心, 즉 마음 간수다. "글은 마음에서 나온다. 마음이 거칠면 글이 조잡하고, 마음이 잔달면 글도 쫀쫀하다. 마음이 답답하면 글이 막히고, 마음이 천박하면 글이 들뜬다. 마음이 어긋나면 글이 허망하고, 마음이 방탕하면 글이 제멋대로다.[夫文出于心, 心粗則文粗, 心細則文細. 其心鬱者其文塞, 其心淺者其文浮. 其心詭者其文虛, 其心蕩者其文不檢.]" 글은 마음의 거울, 글에 그 사람이 훤히 비친다.

둘째는 양기養氣, 곧 기운 배양이다. "기운이 온화하면 글이 잔잔하고, 기운이 가득 차면 글이 화창하며, 기운이 씩씩하면 글이 웅장하다. 글을 지으려면 먼저 기운을 길러야 한다.[盖氣和則文平, 氣充則文暢, 氣壯則文雄. 凡欲作文, 須先養氣.]" 평소에 기른 호연지기浩然之氣가 글에 절로 드러나야 한다.

셋째는 궁리窮理다. "이치가 분명하면 표현이 명확하고, 이치가 촘촘하면 글이 정밀하며, 이치가 합당하면 글이 정확하다. 이치가 주인이라면 표현은 하인에 불과하다. 주인이 정밀하고 밝은데 하인이 명을 따르지 않는 경우란 없다.[理明則詞顯, 理密則詞精, 理當則詞確. 理譬則主人也, 詞譬則奴僕也. 未有主人精明, 而奴僕不從令者.]" 어떤 문장력으로도 허술한 생각을 살릴 수는 없다.

넷째 계고稽古는 옛글을 익혀 자기화하는 과정이다. "정밀하게 골라 익숙히 익혀 아침저녁으로 아껴 외운다. 틈날 때마다 옛글을 읽으면 내 글 속에 절로 옛글의 풍격이 스며든다.[精擇而熟參之, 朝玩暮諷, 使古文時在唇吻間, 則出詞吐氣, 自有古風.]" 이 노력이 없으면 말투나 흉내 내다 작대기 글로 끝난다.

다섯째 투오透悟는 깨달음이다. "육예六藝의 학문은 익숙하지 않으면 깨달을 수 없고, 깨닫지 않고는 정밀함이 없다.[凡六藝之學, 不熟則不悟, 不悟則不精.]" 끝없는 반복으로 온전히 자기 것이 되면 언제 오는지도 모르게 깨달음이 내 안에 쏙 들어온다.

이상 다섯 가지의 바탕 위에서 나온 이런 글이라야 천하무적이다.

오근독서

五勤讀書

독서에서 유념해야 할 다섯 가지

명나라 오정한吳廷翰(1491~1559)의 책상 옆에는 나무로 짠 궤 하나와 옹기 하나가 놓여 있었다. 책을 읽다가 의혹이 생기거나 생각이 떠오르면 얼른 적어 그 안에 담아두었다. 역사책을 읽다가 일어난 의문은 항아리 속에 넣고, 경서를 읽다가 떠올린 생각은 궤에 담았다. 각각 상당한 분량이 되자 그는 이를 따로 엮어 한 권의 책으로 묶었다. 옹기에 담긴 메모는《옹기甕記》란 책이 되고, 궤에 든 쪽지는《독기櫝記》란 책이 되었다.

중국의 역사학자 리핑신李平心(1907~1966)은 오근독서법五勤讀書法을 강조했다. 독서에서 다섯 가지를 부지런히 해야 한다는 것인데, 그가 꼽은 다섯 가지는 부지런히 읽고[勤閱讀], 부지런히 초록해 베껴 쓰며[勤摘錄], 부지런히 외우고[勤記心得], 부지런히 분류해서[勤分類], 부지런히 편집해 정리해두는 것[勤編寫]이다. 그는 서재와 안방뿐 아니라 부엌과 화장실에까지 메모지가 담긴 작은 그릇을 놓아두었다. 책에서 마음에 와 닿는 구절이나 활용할 만한 가치가 있는 내용과 만나면 즉시 적어 그릇에 담아두었다. 그는 이 그릇에 취보합聚寶盒이란 이름을 붙였다. 보물을 모아둔 그릇이란 의미다. 일정한 기간마다 그는 이 메모들을 꺼내 분류하고 정리해서 연구의 자료로 삼았다. 갑골문과 고대 역사에 관한 수많은 저서가 모두 취보합의 메모를 바탕으로 이루어졌다.

옛사람은 농사를 짓다가도 문득 공부나 문사에 관한 생각이 떠오르면 감나무 잎을 따서 거기에 얼른 적은 뒤 밭두둑 가에 묻어둔 항아리 속에 이를 담아두곤 했다. 이덕무와 박지원은 이 일을 본떠 자신들의 평소 메모를 묶은 후 그 비망록의 제목을 '앙엽기盎葉記'로 달았다. 동이[盎] 속 잎사귀에 적은 메모라는 뜻이다.

생각은 원래 책상 앞보다 화장실이나 침상 위에서 더 활발해진다. 떠오를 때 즉시 잡아두지 않으면 안개처럼 흩어진다. 부지런히 읽는 것도 좋지만 느닷없이 왔다가 섬광처럼 사라지는 생각을 붙들자면 손 닿는 곳에 메모지와 필기구가 준비되어 있어야 한다. 기억보다 메모가 한결 든든하다.

오형오락

五刑五樂

노인의 다섯 가지 형벌과 즐거움

안대회 교수 팀이 펴낸 심노숭의 《자저실기》(휴머니스트)를 읽는데, 노인의 다섯 가지 형벌[五刑]과 다섯 가지 즐거움[五樂]에 대해 논한 대목이 흥미를 끈다. 먼저 다섯 가지 형벌에 관한 설명이다.

> 사람이 늙으면 다섯 가지 형벌五刑이 두루 닥쳐온다. 보이는 것이 분명하지 않으니 목형目刑이요, 단단한 것을 씹을 힘이 없으니 치형齒刑이며, 다리에 걸어갈 힘이 없으니 각형脚刑이요, 들어도 정확하지 않으니 이형耳刑이요, 그리고 또 궁형宮刑이다.
> 人老五刑逼具. 視不分明曰目刑也, 嚼無强硬曰齒刑也, 行輒柔軟曰脚刑也, 聽失的確曰耳刑也, 曰宮刑也.

눈은 흐려져 책을 못 읽고, 이는 빠져 잇몸으로 호물호물한다. 걸을 힘이 없어 집에만 박혀 있고, 보청기의 도움 없이는 자꾸 딴소리만 한다. 마지막 궁형은 여색을 보고도 아무 일렁임이 없다는 뜻이다. 승지 여선덕呂善德의 이 말을 듣고 심노숭이 즉각 반격에 나선다. 이른바 노인의 다섯 가지 즐거움[五樂]이다.

> 보이는 것이 또렷하지 않으니 눈을 감고 정신을 수양할 수 있고, 단단한 것을 씹을 힘이 없으니 연한 것을 삼켜 위를 편안하게 할 수 있고, 다리에 걸어갈 힘이 없으니 편안히 앉아 힘을 아낄 수 있고, 나쁜 소문을 듣지 않아 마음이 절로 흔들리지 않으며, 반드시 죽을 땅에서 절로 멀어져 목숨을 오래 이어갈 수가 있다. 이것을 다섯 가지 즐거움이라고 하리라.
> 視不分明, 閉目而養神; 嚼無强硬, 啗軟而安胃; 行輒柔軟, 安坐而息力; 不聞惡聞之言, 心自不動, 自離必死之地, 命有可續. 此謂五樂.

생각을 한번 돌리자 그 많던 내 몸의 불행과 좌절이 더없는 행운과 기쁨으로 변한다. 눈을 감아 정신을 기르고, 가벼운 식사로 위장을 편안케 한다. 힘을 아껴 고요히 앉아 있고, 귀에 허튼소리를 들이지 않으며, 정욕을 거두어 장수의 기틀을 마련한다. 편안하고 기쁘다.

멀쩡한 육신을 믿고 오형의 처지를 되돌리려 드는 사람이 너무 많다. 덮어놓고 큰소리치고, 치아가 부실한데 고기만 찾으며, 건강을 과신해 위험을 마다 않는다. 쓸데없는 세상일에 정신을 소모하고, 늙마에 색을 밝히다 패가망신한다. 작은 일에도 낙심천만해서 세상을 원망하고 자식을 탓한다. 괴롭고 슬프다.

육회불추

六悔不追

돌이킬 수 없는 여섯 가지 후회

송나라 때 구준寇準이 살아가면서 돌이킬 수 없는[不追] 여섯 가지 후회를 〈육회명六悔銘〉에 담아 말했다.

> 관직에 있을 때 나쁜 짓 하면 실세해서 후회하고, 부자가 검소하지 않으면 가난해진 뒤 후회한다. 젊어 부지런히 안 배우면 때 넘겨서 후회하고, 일을 보고 안 배우면 필요할 때 후회한다. 취한 뒤의 미친 말은 술 깬 뒤에 후회하고, 편안할 때 안 쉬다가 병든 뒤에 후회한다.
>
> 官行私曲失時悔, 富不儉用貧時悔. 學不少勤過時悔, 見事不學用時悔. 醉後狂言醒時悔, 安不將息病時悔.

성호 이익이 여기에 다시 자신의 여섯 가지 후회를 덧붙였다.

행동이 때에 못 미치면 지난 뒤에 후회하고, 이익 앞에서 의를 잊으면 깨달은 뒤 후회한다. 등 뒤에서 남의 단점을 말하면 마주해서 후회하고, 애초에 일을 안 살피면 실패한 후 후회한다. 분을 못 참아 몸을 잊으면 어려울 때 후회하고, 농사에 부지런히 힘쓰지 않으면 추수할 때 후회한다.

行不及時後時悔, 見利忘義覺時悔. 背人論短面時悔, 事不始審僨時悔. 因憤忘身難時悔, 農不務勤穡時悔.

사소한 부주의에서 뒤탈이 생기고, 잔나갈 때 생각 없이 행한 잘못이 뜻하지 않은 순간 뼈아프게 내 발목을 낚아챈다. 조금만 대비를 했어도 충분히 막을 수 있는 일이 작은 방심을 틈타 걷잡을 수 없이 커진다. 그때 가서 후회해도 이미 소용이 없다. 그렇다면 어찌할까?

다산 정약용은 〈매심재기每心齋記〉에서 그 방법을 이렇게 적었다.

작은 허물은 고치고 나서 잊어버려도 괜찮다. 하지만 큰 허물은 고친 뒤에 하루도 뉘우침을 잊어서는 안 된다. 뉘우침이 마음을 길러주는 것은 똥이 싹을 북돋우는 것과 같다. 똥은 썩고 더러운 것이지만 싹을 북돋워서 좋은 곡식으로 만든다. 뉘우침은 허물에서 나왔지만 이를 길러 덕성으로 삼는다. 그 이치가 같다.

有小過焉, 苟改之, 雖忘之可也. 有大過焉, 雖改之, 不可一日而忘其悔也. 悔之養心, 如糞之壅苗. 糞以腐穢, 而壅之爲嘉糞. 悔由罪過, 而養之爲德性. 其理一也.

똥은 더럽지만 거름으로 새싹을 북돋운다. 뉘우침은 나쁘지만 행실을 닦는 바탕이 된다. '매심每心'을 합쳐 '회悔'가 된다. 매번 마음을 점검해서 일이 닥친 뒤에 후회가 없도록 해야겠다.

처세육연

處世六然

살면서 지켜야 할 여섯 가지 처신

박병호 선생의 서예전 도록을 보는데 명나라 말기의 최선崔銑이 왕양명王陽明에게 주었다는 처세훈이 새삼 눈에 띈다. 경주 최 부자 댁의 가훈이기도 하다는 설명이 덧붙었다. 선생의 번역에 따라 옮기면 이렇다.

스스로는 세속에 집착하지 않고,
남에게는 온화하고 부드럽게.
일을 당하면 단호하고 결단성 있게,
평소에는 맑고 잔잔하게.
뜻을 이루면 들뜨지 말고 담담하게,
뜻을 못 이루어도 좌절 없이 태연하게.
自處超然, 處人藹然. 有事斬然, 無事澄然. 得意澹然, 失意泰然.

스스로 자처함에 초연키는 어렵다. 남과 대할 때 마냥 푸근하기도 쉽지가 않다. 일이 생기면 칼로 베듯 과단성 있게 처리해야 하는데 우물쭈물하다가 때를 다 놓친다. 일이 없을 때는 공연히 사부작거려 없는 일을 만들지 말고 해맑음을 지켜야 복이 오래간다. 아무래도 여섯 가지 중 끝의 두 가지가 제일 어렵겠다. 작은 득의에도 한없이 나부대다가 결국 제 발등을 찍고서야 끝이 난다. 잠깐의 실의 앞에 한숨으로 땅이 꺼지고 세상이 곧 끝날 듯이 군다. 태연하고 늠연한 기상을 찾아볼 수가 없다.

반대로 해도 안 된다. 자처함을 애연藹然하게 하고 남에게 초연超然하면 일을 그르친다. 일이 있을 때 징연澄然하고 일이 없을 때 참연斬然하니 뒷감당이 어렵다. 득의 앞에 태연泰然하고, 실의에서 담연澹然하면 회복이 힘들다.

청나라 말기 좌종당左宗棠이 무석매원無錫梅園 기둥에 썼다는 대련 여섯 구도 함께 실렸다. 역시 선생의 번역에 따라 소개한다.

소원은 높게 갖고 구하며,
연분은 뜨겁지 않게 맺고,
복은 과욕하지 않는다.
높은 곳을 골라 서고,
평평한 곳에 앉으며,
넓은 곳에로 향해간다.
發上等願, 結中等緣, 享下等福;

擇高處立, 就平處坐, 向寬處行.

앞의 세 구절은 말한다. 시선은 높게, 인연은 분수에 맞게, 복은 오히려 낮춰서. 뒤의 세 구절은 이렇다. 높이 올라 멀리 보고, 몸가짐은 겸손하며, 행함은 공명정대하게. 세상은 어떤가? 하등의 돈 벌 궁리에 골몰해 평탄한 대로를 두고 좁고 음험한 길을 간다. 상등의 바람을 품은 적이 없으니 높은 곳에 우뚝 서볼 일이 없다.

양생칠결

養生七訣

건강한 삶을 가꾸는 일곱 가지 비결

원나라 추현鄒鉉의 《수친양로신서壽親養老新書》에 노년의 양생을 위한 일곱 가지 비결이 보인다.

첫째 "말을 적게 해서 진기眞氣를 기른다[少言語養眞氣]." 말수를 줄여야 내면에 참다운 기운이 길러진다. 쉴 새 없이 떠들면 폐의 기운이 소모되어 안에 쌓여야 할 기운이 밖으로 흩어진다. 그 틈을 타 나쁜 기운이 밀려든다.

둘째 "색욕을 경계하여 정기를 기른다[戒色慾養精氣]." 당나라의 손사막孫思邈이 말했다. "정욕을 함부로 하면 목숨은 아침 이슬과 같다[姿其情欲, 則命同朝露也]." 정기를 함부로 쓰는 것은 생명의 뿌리를 흔드는 행위다. 과도한 음양의 접촉을 삼간다.

셋째 "맛을 담박하게 해서 혈기를 기른다[薄滋味養血氣]." 기름진 음식은 피를 탁하게 해서 혈관을 막는다. 입에 단 음식이 몸에 해를 끼친다. 채식 위주의 식단이 피를 맑게 하고 정신을 상쾌하게 깨어나게 해준다.

넷째 "침을 삼켜 내장의 기운을 기른다[嚥津液養臟氣]." 입천장 위로 혀끝을 천천히 돌리면 진액이 혀뿌리로 고인다. 한참 뒤에 이를 삼킨다. 퇴계 이황 선생이 열심히 했던 맨손체조 중에도 이 연진嚥津이 있다. 침은 소화액을 분비시켜 장의 운동을 활성화시킨다.

다섯째 "성을 내지 않아 간의 기운을 기른다[莫嗔怒養肝氣]." 간은 감정과 긴밀하게 접촉한다. 놀라면 간이 철렁하고, 겁 없으면 간이 부었다고 한다. 분노의 감정은 간의 기운을 치솟게 해 생체 리듬에 심각한 해를 끼친다.

여섯째 "음식을 알맞게 해서 위장의 기운을 기른다[美飮食養胃氣]." 미美는 좋은 음식을 먹으란 말이 아니라 조화로운 균형을 취하라는 뜻이다. 건강에 필요한 영양소를 골고루 섭취해서 위장의 부담을 덜어주고 조화를 유지해야 한다.

일곱째 "생각을 적게 해서 심장의 기운을 기른다[少思慮養心氣]." 쓸데없는 뜬생각, 짓누르는 생각을 버려야 한다. 지나친 생각은 건강을 해친다.

건강은 균형과 조화에서 나온다. 말은 줄이고 감정은 가라앉힌다. 욕망을 억제하고 생각은 아낀다. 치우침 없이 균형을 잡고, 넘치는 것을 덜어 조금 부족한 듯이.

쟁신칠인

諍臣七人

나를 지켜주는 사람들

《효경孝經》〈간쟁諫諍〉에서 증자가 공자에게 묻는다. "아버지 말씀을 잘 따르면 효자라 할 수 있을까요?" 공자의 대답은 뜻밖이다.

> 그게 무슨 말이냐? 옛날에 천자는 바른말로 간쟁諫諍하는 신하가 일곱 명만 있으면 아무리 무도해도 천하를 잃지 않고, 제후는 다섯 명만 있어도 그 나라를 잃지 않는다고 했다. 대부는 그런 신하가 셋만 있어도 제 집안을 잃지 않지. 사士는 바른말로 일깨워주는 벗만 있어도 아름다운 이름을 지켜갈 수가 있고, 아비는 바른말을 해주는 자식이 있다면 몸이 불의한 일에 빠지지 않게 된다고 했다. 그런 까닭에 불의한 일을 당하면 자식이 아비에게 바른말로 간하지 않을 수가 없고, 신하가 임금에게 바른말을 하지 않을 수가 없는 법이다. 불의함을 보면 바른말

로 아뢰야지, 아버지의 분부만 따르는 것을 어찌 효자라 하겠느냐?

是何言與? 是何言與? 昔者天子有争臣七人, 雖無道不失其天下. 諸侯有争臣五人, 雖無道不失其國. 大夫有争臣三人, 雖無道不失其家. 士有爭友, 則身不離于令名. 父有爭子, 則身不陷于不義. 故當不義, 則子不可以不爭于父, 臣不可以不爭于君, 故當不義則爭之, 從父之令, 又焉得爲孝乎?

이 말을 받아 성호 이익은《성호사설》에서 〈쟁신칠인諍臣七人〉이란 글을 썼다. 취지는 이렇다. 임금은 바른말 하는 신하가 없는 것을 근심하지 말고, 바른말을 받아들이지 못함을 근심해야 한다. 말로 간하여 행동으로 받아들이니, 말은 쉽고 행동에 옮기기는 어렵다. 어려운데 임금이 이를 행하면 신하가 쉬운 일을 행하지 않을 도리가 없다. 그런데 간하는 말은 헐뜯음에 가깝다. 이런 말을 듣고 성내지 않을 사람이 없다. 신하가 간하지 않는 것은 노여움을 살까 두려워서다. 쟁신이 없다고 투덜대는 임금은 밭을 소유하고도 곡식을 심지 않거나, 농사를 지어놓고 추수하지 않는 농부다. 무도한 임금도 곁에 쟁신이 있으면 나라를 잃는 지경에까지 이르지 않는다. 쟁우諍友는 실족을 막아주고 쟁자諍子는 아비를 환난에서 지켜준다. 문제는 아무리 이런 신하, 이런 벗, 이런 자식이 있어 바른말을 해주어도 성만 내고 들을 마음이 없거나, 기쁘게 듣는 척하면서 끝내 실행에 옮기지 않는다면 국가와 가정과 개인의 흥폐興廢가 그만 여기서 갈리고 만다는 점이다.

자공子貢이 벗에 대해 묻자, 공자의 대답이 이랬다. "충고해서 잘 이끌어주다가 도저히 안 되겠거든 그만두거라. 자칫 네가 욕보는 일이 없도록." 벗 사이에 바른말이 잦으면 사이가 멀어진다고도 했다. 제일 슬픈 것은 말을 해도 도저히 안 되니 제 몸이라도 지키려고 아예 입을 닫고 곁을 떠나버리는 일이다.

칠등팔갈

七藤八葛

얽히고설킨 문제를 풀려면

칠등팔갈七藤八葛은 다산이 즐겨 쓴 표현이다. 《여유당전서》에만 30회 가까이 나온다. 등덩굴이 일곱인데 칡덩굴은 여덟이다. 이 둘이 겹으로 칭칭 엉켰으니 어찌 풀 수 있겠는가? 뒤죽박죽 손댈 수 없는 갈등葛藤의 상태를 말한다.

같이 붙여 쓴 말도 재미있다. 《악서고존樂書孤存》에서는 "꼬리는 머리를 돌아보지 못하고, 왼편은 오른편을 건너보지 못한다. 열 번 고꾸라지고 아홉 번 엎어지며, 일곱이 등덩굴이면 여덟은 칡덩굴인데도 근거 없는 말로 꾸미려 든다.[尾不顧首, 左不顧右, 十顚九踣, 七藤八葛, 以飾其無稽之言.]"고 썼다. 칠등팔갈에 백관천결百綰千結을 붙여 쓰기도 했다. 백 번 얽어매고 천 번 묶었다는 말이다. 해결의 기미가 보이지 않는다.

국가의 여러 폐단에 대해 논한 〈폐책弊策〉에서는 이렇게 논파했다.

사물이 오래되어 폐단이 생기는 것은 이치가 그렇다. 성인으로 성인을 잇게 해도 더하고 덜함이 있게 마련인데 하물며 후세의 법이겠는가? 안으로는 온갖 기관의 폐단이 소털처럼 많고, 밖으로 여러 고을의 폐단은 고슴도치 가시 같다. 백 군데에 구멍이 나고 천 곳에 부스럼이 돋아 도무지 막을 수 없는 것은 폐단의 근원이요, 칠등팔갈을 어찌해보기 어려운 것은 폐단의 가지이다. 사농공상에 저마다 폐단이 있고, 군전軍田과 전곡錢穀도 폐단 없는 곳이 없다. 이제 분발해 일으켜서 이목을 일신코자 해도 어디로부터 말미암겠는가? 중화中和의 덕을 이루고 임금의 덕을 힘쓰라는 것은 상투적인 말일 뿐이고, 인재를 얻어서 상벌을 밝게 하라는 말은 그저 해보는 소리일 뿐이다.

大抵物久而弊, 物之理也. 以聖承聖, 尙有損益, 況於後世之法乎. 內而百司, 其弊如牛毛, 外而諸路, 其弊如猬刺. 百孔千瘡, 莫遏者弊源也, 七藤八葛, 難理者弊條也. 士農工商, 各有其弊, 軍田錢穀, 無不受弊. 今欲奮發興作, 一新耳目, 則其道何由. 致中和勉君德, 無非套語, 得人材明賞罰, 都是例談.

가파른 산길의 등덩굴과 칡덩굴은 이것으로 더위잡아 오르기도 한다. 반등부갈攀藤附葛이 그것이다. 그런데 저희끼리 얽히고설켜 서로 잡아먹겠다고 으르렁대니 무슨 방법이 있겠는가?

팔면수적

八面受敵

팔면에서 적이 쳐들어와도

소동파의 〈왕랑에게 주는 글與王郎書〉에 다음 내용이 있다.

> 공부하는 젊은이는 매번 한 가지 책을 모두 여러 차례 읽어야 한다. 바다에 들어가면 온갖 물건이 없는 것이 없다. 이것을 전부 가져올 수는 없는 노릇이니, 다만 구하려는 것만 얻을 뿐이다. 그래서 배우기를 원하는 사람은 매번 한 가지 뜻으로 구해야만 한다. 만약 고금의 흥망치란이나 성현의 작용을 구하려 한다면 다만 이 뜻만 가지고 구해야지 다른 마음을 먹어서는 안 된다. 어떤 일의 자취나 문물의 종류 같은 것도 또한 마찬가지다. 이렇게 해서 배움이 이루어지면 팔면에서 적을 받더라도[八面受敵] 섭렵한 사람과 더불어는 한 몫에 말할 수가 없다.
> 少年爲學者, 每一書皆作數次讀. 當如入海, 百貨皆有. 人之

精力, 不能盡取. 但得其所欲求者耳. 故願學者, 每次作一意求之. 如欲求古今興亡治亂聖賢作用, 且只作此意求之, 勿生餘念. 求事迹文物之類, 亦如之. 若學成, 八面受敵, 與涉獵者, 不可同日而語.

공부는 써먹자고 하는 것만은 아니지만, 제대로 하면 쓰지 못할 데가 없다. 사방팔방에서 날마다 문제들이 쳐들어온다. 일마다 당황스럽고 그때마다 정신 사납다. 어떤 일과 마주해 허둥지둥 손발을 놀릴 곳이 없는 것은 내 공부의 내공이 부족하기 때문이다. 공부의 내공은 어디서 오는가? 전일한 집중에서다. 이것저것 여기저기 기웃대면 오지랖만 넓어지지 안목은 깊어지지 않는다. 한 번에 한 가지씩 하나하나 쌓아나가야 그 하나하나가 모여 오롯한 전체가 된다. 자꾸 집적대고 쑤석거리기만 해서는 사람만 경망해진다.

《대괴왕씨일성격언록大槐王氏日省格言錄》에는 또 이런 얘기가 실려 있다. 유적劉商은 아들 일곱을 두었는데, 자식마다 한 가지 경전씩 전공하게 했다. 그래서 한 가문에서 7경의 학문을 모두 갖추었다. 등우鄧禹는 아들이 열세 명이었는데 저마다 13경을 한 종류씩 집중케 하는 방식으로 자손을 교육시켜 후세의 본보기가 되었다. 이 두 사례를 소개한 후 이런 말을 덧붙였다.

오늘날의 습속은 흔히 아들을 낳으면 기뻐하며 날마다 한 가지씩을 바라 날마다 성취하는 바가 없다. 그 원인은 평소 규칙으로 정해둔 약속이 없기 때문이다. 비록 후회한들 무슨 소용이 있겠는가.

今之習俗, 多以生男爲喜. 日望一, 日無所成就, 其原失於素無繩墨約束. 雖悔何追.

팔면수적八面受敵의 내공은 꾸준한 전공의 힘에서 나오지, 넓은 오지랖에서 나오지 않는다. 젊은이들은 스펙 쌓기에 팔려 여기저기 기웃대지 말고 전공의 힘을 먼저 길러야 한다.

무익십사

無益十事

득 될 게 없는 열 가지 일

청매靑梅 인오印悟(1548~1623) 스님의 문집에서 〈십무익十無益〉이란 글을 보았다. 수행자가 해서는 안 될 열 가지 일을 나열했다. 알려진 글이 들쭉날쭉해서 문집에 따라 보이면 다음과 같다.

마음을 안 돌보면 경전 봐도 소용없고,
본성 공空함 모르고는 좌선이 부질없다.
뿌리잖고 열매 바람은 도 구함에 무익하고,
바른 법을 안 믿고는 고행이 쓸데없다.
아만我慢을 안 꺾으매 법 배워도 쓸모없고,
실다운 덕 없고 보니 겉꾸밈이 하릴없다.
스승의 덕 못 갖추곤 중생제도 허망하고,
신실한 맘 아니고는 교묘한 말 허랑하다.

일생에 교활하매 무리 처함 쓸모없고,

뱃속 가득 무식하니 교만도 부질없네.

心不返照, 看經無益. 不達性空, 坐禪無益.

輕因望果, 求道無益. 不信正法, 苦行無益.

不折我慢, 學法無益. 內無實德, 外儀無益.

欠人師德, 濟衆無益. 心非信實, 巧言無益.

一生乖角, 處衆無益. 滿腹無識, 憍慢無益.

종일 염불을 외고 불경을 읽어도 마음 거울을 닦지 않으면 하나마나다. 일체가 공空임을 깨닫지 못한다면 좌선한다고 앉아 있을 이유가 없다. 선업은 닦지 않으면서 선과善果만 얻으려 드니 구도求道란 말을 입에 담기가 부끄럽다. 정법正法에 대한 확신 없는 고행은 수행이 아니라 제 몸을 학대하는 것과 같다. 저만 옳다는 아만만 키우려면 법은 배워 무엇에 쓰나. 알찬 내면의 덕은 기르지 않고 겉꾸밈으로 젠체하기 바쁘니 그 인생이 불쌍하다. 남이 우러를 덕을 갖추지 못하고 무슨 중생제도를 입에 담는가? 신실함은 없고 교언영색뿐이니 낯빛마저 가증스러워진다. 잔머리만 굴리고 앞뒤 안 맞는 행동을 하면서 수행자의 길을 갈 수는 없다. 아무 든 것 없는데 교만까지 얹히면 천하에 못할 짓이 없게 된다.

열심히 죽어라고 하는 것은 중요하지 않다. 고행하고 참선하는 것이 다가 아니다. 낮춤과 베풂, 진실함과 깨달음 없이 우리는 아무것도 아니다. 자기를 괴롭히고 남을 괴롭혀서 아만과 독선에 빠져 바른

길을 벗어나는 인생이 너무도 많다. 게을러 아무것도 하려 들지 않는 삶은 더 말할 것도 못 된다.

각병십법

却病十法

질병을 멀리하는 열 가지 방법

명나라 진계유가 《복수전서福壽全書》에 〈질병을 물리치는 열 가지 방법却病十法〉을 적어놓았다. 소개한다.

첫 번째는 "가만 앉아 허공을 보며 몸뚱이가 원래 잠시 합쳐진 것임을 깨닫는 것[靜坐觀空, 覺四大原從假合]"이다. 잠깐 빌려 사는 몸을 혹사하지 말자는 얘기. 두 번째는 "번뇌가 눈앞에 나타나면 죽음과 견주는 것[煩惱見前, 以死譬之]"이다. 죽기보다 더할라고 하고 마음먹으면 못 견딜 일이 없다. 세 번째는 "늘 나만 못한 사람을 떠올려 굳이 느긋한 마음을 갖는 것[常將不如我者, 强自寬解]"이다. 사람이 위쪽만 올려다보면 답이 안 나온다. "조물주가 먹고살기 위해 나를 힘들게 하더니, 병 때문에 조금 여유가 생겼으니 도리어 경사나 다행이라 여긴다.[造物勞我以生, 遇病稍閑, 反生慶幸.]"가 네 번째다. 엎어진 김에 쉬어가자는 말씀. 다섯 번째는 "묵은 업보를 현세에서 만나더라도 달아나 피하려 들지 말고 기쁘게 받아들이자.[宿業現逢, 不可逃避, 歡喜領受.]"이다. 운명아, 비켜라. 내가 간다.

나머지 다섯 가지는 다음과 같다. "집안을 화목하게 하여 서로 꾸짖는 말을 않는 것[家室和睦, 無交謫之言]"이 여섯 번째다. 무심코 던진 말 한마디로 모든 사단이 시작된다. 가까울수록 말을 아끼자. 일곱 번째는 "중생은 저마다 병의 뿌리를 지니고 있으니 언제나 스스로 관찰해서 이겨내야 한다.[衆生各有病根, 常自觀察克治.]"는 것이다. 평소에 건강을 잘 관리해야 큰 병을 막을 수 있다. 여덟 번째는 "바람과 이슬을 조심해서 막고 기욕嗜慾은 담박하게 하는 것[風露謹防, 嗜慾澹泊]"이다. 찬 바람 쐬고 찬 이슬 맞으며 돌아다니면 건강을 다치게 되어 있다. 일찍 귀가해야지. 아홉 번째는 "음식은 절제해서 많이 먹지 말고, 기거는 편안히 할 뿐 욕심 부리지 않는 것[飮食寧節毋多, 起居務適毋强]"이다. 절제를 잃으면 건강에 바로 적신호가 켜진다. 마지막 열 번째는 "고명한 벗을 찾아가 흉금을 열어 세속을 벗어난 얘기를 주고받는 것[覓高明親友, 講開懷出世之談]"이다. 마음에 맞는 벗은 내 만년의 건강을 지켜주는 열쇠의 하나다. 병 없이 살기가 쉽고도 어렵다.

살풍경사

殺風景事

세상에 운치 없는 일 열다섯 가지

당나라 때 이상은李商隱(812~858)의 《잡찬雜纂》에 〈살풍경殺風景〉 시리즈가 나온다. 못 봐줄 꼴불견을 여럿 나열했다. 책마다 내용이 조금씩 다른데 다 모아보니 이렇다.

첫 번째가 '송간갈도松間喝道', 소나무 숲길에 갑자기 '물렀거라' 외치며 등장한 벼슬아치다. 운치 없는 녀석!

두 번째는 '간화루하看花淚下'다. 꽃 보다 말고 눈물은 왜 짜나?

세 번째가 '태상포석苔上鋪席', 즉 이끼 위에 자리 깔기다. 그냥 앉지.

네 번째는 '작각수양斫却垂楊', 시선을 가린다고 수양버들을 베는 행위다. 몰취미하기는.

다섯 번째는 '화상쇄곤花上曬裩', 꽃 위에 속옷 널어 말리기다. 만행이 따로 없다.

여섯 번째는 '유춘중재游春重載', 먹을 것 잔뜩 싣고 나서는 봄나들이다. 몸만 가지.

일곱 번째가 '석순계마石筍繫馬', 종유석 기둥에 말고삐를 묶는 짓이다. 부서지면 어쩌려고.

여덟 번째는 달빛 아래 횃불 드는 '월하파화月下把火'다. 하나 마나 한 짓.

아홉 번째는 '기연설속사妓筵說俗事', 기생과 노는 술자리에서 세속사 말하기다. 못난 놈!

열 번째는 '과원종채果園種菜', 과수원에 배추 심기다. 흐이구!

열한 번째가 '배산기루背山起樓'다. 으리으리한 누각에 가려 정작 산이 안 보인다. 참 잘났다.

열두 번째는 '화가하양계압花架下養鷄鴨', 꽃 시렁 아래 닭·오리 기르기다. 아! 시끄러워.

열세 번째는 '청천탁족淸泉濯足', 맑은 물에 발 씻기다. 저는 시원하겠지.

열네 번째는 '분금자학焚琴煮鶴', 거문고 때서 학 삶기. 무식한 자식!

열다섯 번째는 '대화철다對花啜茶', 꽃 보며 차 마시기다. 꽃구경이나 하지.

그래도 이런 것은 애교가 있다. 오늘의 살풍경은 어떤가? 버스 타고 음주 가무, 산에 가도 고기 굽고, 지하철의 고성 전화, 패륜아의 잇단 등장. 입법하는 국회에선 툭하면 무법 활극, 법 지키라 으름장 놓고 뒤로는 접대 향응. 똥 뀐 놈이 성을 내고, 못난 짓 후 자화자찬.

이상은의 《잡찬》에는 '불상칭不相稱', 즉 걸맞지 않은 일 시리즈도 있다. 병이 든 의원, 글자 모르는 선생, 푸줏간에서 염불하기와 창가唱家 찾는 늙은이, 어깨가 떡 벌어진 신부新婦 등등. 하지만 이런 것은 이해 못할 일은 아니다. 아! 살풍경스럽지 않은 세상에서 살고 싶다.

옛사람이 건넨 네 글자

지은이 | 정민

1판 1쇄 발행일 2016년 1월 18일
1판 3쇄 발행일 2017년 6월 26일

발행인 | 김학원
경영인 | 이상용
편집주간 | 김민기 위원석 황서현
기획 | 문성환 박상경 임은선 김보희 최윤영 조은화 전두현 최인영 이혜인 이보람 정민애 이효온
디자인 | 김태형 유주현 구현석 박인규 한예슬
마케팅 | 이한주 김창규 이정인 함근아
저자 독자 서비스 | 조다영 윤경희 이현주(humanist@humanistbooks.com)
스캔 출력 | 이희수 com.
조판 | 홍영사
용지 | 화인페이퍼
인쇄 | 청아문화사
제본 | 정민문화사

발행처 | (주)휴머니스트 출판그룹
출판등록 | 제313-2007-000007호(2007년 1월 5일)
주소 | (03991) 서울시 마포구 동교로23길 76(연남동)
전화 | 02-335-4422 팩스 | 02-334-3427
홈페이지 | www.humanistbooks.com

ISBN 978-89-5862-984-9 03810

이 도서의 국립중앙도서관 출판예정도서목록(CIP)은 서지정보유통지원시스템 홈페이지(http://seoji.nl.go.kr)와 국가자료공동목록시스템(http://www.nl.go.kr/kolisnet)에서 이용하실 수 있습니다.(CIP제어번호: CIP2015035607)

만든 사람들
편집주간 | 황서현
기획 | 전두현(jdh2001@humanistbooks.com) 박상경 정다이
편집 | 김선경
디자인 | 김태형 최우영